U0112250

本书译自

Paul Zsolnay 出版社

2018 年版 *Vergessene Träume: Die Erzählungen*

2019 年版 *Verwirrung der Gefühle: Die Erzählungen*

XII

Vierundzwanzig Stunden aus dem Leben einer Frau

一个女人一生中的
二十四小时

《 茨威格中短篇小说精选 》

〔奥〕斯蒂芬·茨威格　著

杨植钧　译

Stefan Zweig

浙江文艺出版社
Zhejiang Literature & Art Publishing House

堕落者会把那些过来救他的人一起
拖进深渊。

《一个女人一生中的二十四小时》

年华逝去，这终究意味着，再也不用
害怕自己的过去了。
《一个女人一生中的二十四小时》

已经远离尘世二十年的我永远也不会知道，人的天性里，炙热
与严寒，迷狂与绝望，生与死是如何在瞬息之间交织在一起。
《一个女人一生中的二十四小时》

他有种直觉，这个秘密就是童年的门锁，
只要打开它，就能进入成年人的世界。

《秘密燎人》

她觉得自己心底深处有一小撮飘忽不定的火星，
就等着风把它吹成熊熊大火，把自己烧个精光。

《恐惧》

他因为恐惧与怯懦而跑了出来，虽然是第一次独立行动，

却觉得每一分每一秒都从身边掠过的事物中体验了某种真实。

《秘密燎人》

这家庭生活的氛围中有那么一种软弱无力的感觉，一种温暾暾的幸福。

《恐惧》

欺骗小孩子也太容易了，因为他们天真无邪，之前从来没有人索要过他们的爱。

《秘密情人》

目　录

导读　茨威格：洞烛人性幽微的世界主义者　　　01

一个女人一生中的二十四小时　　　001

秘密燎人　　　084

恐惧　　　176

斯蒂芬·茨威格年表　　　239

恐惧比惩罚更折磨人。

《恐惧》

茨威格：洞烛人性幽微的世界主义者

受限，却无限

一百多年前，一本名为《马来狂人：关于激情的故事集》的中短篇小说集在莱比锡的岛屿出版社问世。该书的作者，奥地利作家斯蒂芬·茨威格（1881—1942）在致法国作家罗曼·罗兰的信中写道："这部小说集的写作已经停滞了六个月……原以为还得花费更多的时间来完成，可是，有一天，它突然就在那儿了……这是我的第二部小说集，我对它的即将出版愉快得无以名状……"

事实证明，这部作品对于一直以来从事传记写作和报刊编辑工作的茨威格来说，具有里程碑式的巨大意义。在不到八年的时间内，它在德国售出了十五万册，里面最著名的篇目《一个陌生女人的来信》和《马来狂人》被改编成电影和舞台剧，它们连同早期的中篇《秘密燎人》一道，成为茨威格早期小说的代表作。在纳粹因其犹太身份而焚毁他的所有作品之前，他的小说、传记、诗歌和戏剧销量已经突破了百万册，他本人也成了当时乃至今日作品全球传播最广、译文语种最多的德语作家之一。2021年是茨威格诞生一百四十周年，德奥等地除了举办各种展览纪念这位具有深厚人道主义情怀的作家以外，还推出了根据其生前最后一部小说《象棋的故事》改编的电影。电影保留了小说中叙述者所说的一句话："一个人越是受限，他在另一方面就越是接近无限。这些人貌似避世，实际上正像白蚁一样用自己特有的材料构建着一个独一无二、非同凡响的微型世界。"

受限，却无限——或许，这句话不仅适用于《象棋的故事》里那位高超的象棋奇才，也适用于茨威格其他小说的主人公。他们的思绪、情感和精神都受制于某个特定情境，他们的行动是他们内心激情的俘虏，他们的结局或是被命运和偶然的链条所牵制，或是被历史和政治的暴虐所改写，或是被自我和本能的烈焰所吞噬。在《秘密燎人》中，小埃德加初次察觉到成人和儿童的界限，不自觉地被那个"伟大的秘密"所吸引，人格发生了自己都无法理解的嬗变；在《马来狂人》中，殖民地医生出于高傲和欲望把一个女人推向死亡，为此负疚终生，只能像马来狂患者一样手持尖刀向前奔跑，没有目标和记忆，直至倒地身死；《一个女人一生中的二十四小时》里娴雅的英国贵妇，只瞥了一眼某个赌徒的手，就被其深深吸引，毅然放弃家庭和子女，准备随他而去；《重负》里的主人公、逃兵费迪南，尽管热爱和平，拒绝成为杀人机器，却因为一张纸条而丧失了自我，无意识地对战争俯首称臣；《看不见的珍藏》里的收藏家一辈子都活在不存在的收藏品中间；《日内瓦湖畔插曲》里的逃兵跳进水里游向根本不在此地的故乡；《象棋的故事》里的B博士疯魔一般下着脑海中的棋局；《一个陌生女人的来信》里的陌生女人为一个稍纵即逝的身影献出了自己的爱情与生命……

在茨威格所有的小说作品中，无论里头讲述的是个体的命数还是历史的浩瀚，都存在一个刺针一样的、微小又神秘的"束缚"，它可能只是一句话，一个眼神，一个执念，一道稍纵即逝的思绪，一片曾经见过的风景，一场脑海中幻想过的会面，却足以在主人公的生命中掀起风暴，把他们推向激情的渊薮。不是所有主角都能把自己内心的冲动转变成非同凡响的微型宇宙，可是他们都在凝视内心深渊的过程中，感知到了一个更为宏大的维度的存在。一种不可触摸的信号，犹如天启，在身体的内部敞开，像是烧净一切的烈焰，又似萌芽于陨灭的种子："他感到，这陌生的、未知的力量先用锐器，再用钝器把他肉体里的什么东西挖了出来，有什么东西正在一点一点地松开，一根线一根线地从他密闭的身体里解脱出来。疯狂的撕裂停止了，他几乎不再疼痛。然而，在体内的什么地方，有东西在焖烧，在腐烂，在走向毁灭。他走过的人生和爱过的人，都在这缓慢燃烧的烈焰中消逝、焚烧、焦化，最终碎成黑色的炭灰，落在一团冷漠的泥潭之中。"（《心之沦亡》）可以说，茨威格的小说是一个庞大的、关于束缚的寓言，它不仅仅关注着人的内心，也质问着那种对内心施加束缚和限制的力量。

心理小说，把握生命的瞬息万变

茨威格把 1922 年发表的小说集命名为《马来狂人：关于激情的故事集》并不是偶然的，他笔下的人物，无论是教养良好的贵妇、学识渊博的医师，还是成长于贫民家庭的小姑娘，都像患上了马来狂的人一样，无法控制自己的行为，只能一路狂奔，直至毁灭。这种热病一般既迷醉又失落的状态，贯穿了《马来狂人：关于激情的故事集》中的五篇小说。诚然，学界一直强调茨威格对弗洛伊德精神分析理论的文学应用，甚至把茨威格的心理小说视为对赫尔曼·巴尔领衔的维也纳现代派作家们的一种继承：外部世界是不可把握的，一切处于躁动、冲撞与流变之中，只有把文学的描写对象从客观世界转向主观的心灵结构，才有可能把握生命体的瞬息万变。多年来，茨威格的读者们一直津津乐道的正是作者解剖人物内心时手术刀一样锋利又精准的笔法，一个词语所引起的病症般的狂热都被放大到令人眩晕的程度。在他的笔下，人的器官和躯体好像拥有独立的生命，情欲与无意识仿佛可以开口言说，而不再是沉没在内心深处的船只那微弱的火光。

《一个女人一生中的二十四小时》的主角与其说是那位英国女士和波兰赌徒，还不如说是后者那双像野生动物一样的手："那个男人的双手……突然往空中伸去，像是要抓住什么不存在的东西，然后重重地跌落在桌面上，死了。然而不一会儿，那双手又活了过来，从桌上回到自己主人的身上，狂热地，像野猫一样沿着身体躯干摸索，上下左右，一遇到口袋就迫不及待地钻进去，看看还有没有藏着什么以前忘在那里的钱币。"而《恐惧》的主角与其说是伊蕾娜夫人，倒不如说是那种像人一样躲藏在她内心的恐惧："门外，恐惧已经等着了，她一出来就被它粗暴地抓住，心跳都停了几拍，最后几乎是无意识地下了楼。"

人的欲望就像身体症状一样，不存在可以预测的行为方式，这也是茨威格小说的最大张力所在。正如德国作家克劳斯·曼所言，茨威格的作品长销不衰的原因之一在于，他在故事中强化了最具张力的部分，而把"死去"的部分加以剔除。茨威格的小说虽然总是关于受限，可是这种限制总能蔓生出新的张力与爆破点；它们就像病痛一样，强化了疼痛的部分，以至于病者只能感受到伤口的灼热，而忘记了躯体其他部位的存在。从这个方面讲，"受限"也是茨威格打磨小说情节的策略之一。

映射时代和世界，探讨"人的条件"

然而，将其作品简化为心理分析小说，无疑是对茨威格作为一个卓越的叙事大师的贬低。在叙述风格方面，他的大多数中短篇都沿用了德语中短篇小说的一个特定框架：故事并不直接开始，而是通过主人公对一个第三者"我"的间接讲述来展开。在传统的叙事策略中，此举是为了加强小说的真实感；可是在茨威格的笔下，叙事框架往往变成了可以游戏和反讽的地方，也是其作品所隐藏的神秘之处。在《夏日小故事》里，"我"并不是作为只会聆听的第三者登场，而是介入了整个故事的塑造之中，牵引并阐释着故事的走向；在极具玄学与宿命风格的《夜色朦胧》里，由那位无名叙述者开启故事，谁又能相信少年鲍勃的记忆与爱情只是一张明信片在他脑中触发的想象呢——既然《马来狂人》的主人公开始之时尚能挣扎着用"他"来讲述自己的故事，《夜色朦胧》中坐在黄昏雾霭中的讲述者自然也可能是在黑暗中低喃自己的过往。通过对自己的小说施加这种叙事框架的限制，茨威格意在跳脱传统心理小说的桎梏，创造更为玄奥的叙事层次。

通过这些限制和束缚，茨威格就像《象棋的故事》中的B博士和琴托维奇一样，用特有的材料建造着独一无二的、无限的小说世界。读者，尤其是中国的读者们，往往忽视了茨威格小说中强烈的政治倾向和世界主义情怀。茨威格对小说人物内心的洞烛并非为了解析个体的命运，而是意在映射时代和世界，探讨"人的条件"。《恐惧》所讲的不仅仅是婚外情，也是20世纪初期欧洲中产阶级在旧日的"荣誉准则"和个人幸福之间的动摇不定；《看不见的珍藏》的核心并非收藏家的偏执与幻觉，而是德国通胀时期的社会惨状与精神危机；《里昂的婚礼》讲述的不仅是里昂围困期间的故事，还是对当代极权政治的隐喻；《马来狂人》也并非只是讲述东方情调的奇人异事，当代的研究者们把它和作者后期的《麦哲伦》一起视为探索后殖民话语的重要案例，更不用说《重负》和《象棋的故事》这样直接针砭时弊的作品。

茨威格对个体精神世界的聚焦和对壮阔时代的关注并不矛盾，两者往往互为镜像——历史社会的印记是个人情感风暴的培养皿，个体幽微的内心则是对世界状态的终极寓言。事实上，茨威格的创作总是在个人经历—传记写作—虚构文本三者之间游弋：《马来狂人》就是茨威格多次东方之行后的作品,《重负》直接来源于作者本人在瑞士养病期间的经历,《里昂的婚礼》则是在写作传记《约瑟夫·富歇:一个政治家的肖像》途中衍生的小说。在茨威格的文学创作坐标系中,自传、他传和虚构共同影响其作品的最终定型,在这三者的交互影响下,诞生了其具有无限阅读与阐释维度的作品宇宙。

以幽微人性,达成更深刻的批评

遗憾的是,在一百多年间,欧洲和中国的读者对茨威格作品的所有解读由于不同的原因和作品的原轴产生了一定的偏离。在德国和奥地利,茨威格一直是最受争议和批评的作家之一。和中国读者的传统想象不同,茨威格本人并没有因为犹太血统和反战立场而备受尊崇;相反,许多著名作家曾经公开对茨威格表示过厌恶和蔑视。

20世纪20年代,在德奥文化界曾卷起过一股"茨威格抨击潮",代表人物偏偏是当时奥地利文坛的三位顶级作家——卡尔·克劳斯、胡戈·冯·霍夫曼斯塔尔、罗伯特·穆齐尔。克劳斯批评茨威格的作品逃脱不了哈布斯堡王朝的怀旧烙印,沉浸于用煽情的故事讨好诸国读者,无视德语文学的真正时代精神:"茨威格先生精通世界上所有的语言——除了德语。"穆齐尔厌恶茨威格的外交手腕和做派："他喜欢周游列国，享受各国部长的接待，不停地巡回演讲，在外国宣扬人道主义，他是所谓的国家精神的业务代理人。"霍夫曼斯塔尔一直不承认茨威格戏剧作品的价值，在萨尔茨堡戏剧节的审核中多次亲自把茨威格的剧作剔除。

在茨威格生活的时代，他遭受了种种责难和非议。他的一生都在不停地旅行，并热衷于和各种作家、名人、外交官建立关系；他被作家同僚讽刺为"漂泊的萨尔茨堡人"，到处出席作家协会和笔会的活动，在各种庆典上发表演说，在美国和南美巡回演讲；和他热衷外交和宣传自己作品的做派相反，茨威格本人在一生中从未加入任何政治阵营，也没明确表达过反法西斯的意向，哪怕在流亡时期，他也未曾公开或者在作品中表达过任何支持犹太人和反对纳粹德国的意向。一直保持沉默和疏离的茨威格受到了其他流亡作家的非难；他的自传《昨日的世界》出版后并没有像今天这样受到推崇，而是招来了一片骂声。诺奖得主、德国作家托马斯·曼说这部作品"可悲又可笑，幼稚至极"，因为茨威格在书中规避了时代和政治，甚至煽动民众主动回避与纳粹相关的问题；德国思想家汉娜·阿伦特毫不留情地指责茨威格"无知到吓人，纯洁到可怕"，因为他居然"在这部堂而皇之的传记中还用假大空的和平主义套话来谈论一战，自欺欺人地把1924—1933年之间充满危机的过渡期视为回归日常的契机"。

诚然，茨威格对政治的疏离和写作的方式为他在欧洲招致了长达几十年的骂名。然而，从另一个角度看，茨威格是 20 世纪罕见的、真正具有世界主义情怀的作家。他作为拥有百万销量的作家和热爱文化事业的旅行者活跃在国际文学界，跨越了语言和种族的障碍，积极地通过各种刊物和译著为德奥居民传播先进的文学文化（比如通过他的努力，比利时作家维尔哈伦在德国获得关注），而且还参与建立了今日的国际笔会。同时，通过他的大量不受国别限制的文学与传记作品，茨威格在某种程度上促成了欧洲文化的一体化，从而间接对抗了纳粹所代表的右翼思想和极端民族主义。事实上，和茨威格曾经为其写过传记的伊拉斯谟一样，茨威格本人规避政治并非因为怯懦和自欺欺人；和《重负》中的费迪南一样，他已经清楚意识到战争机器的残酷，然而他选择了用另一种方式表达自己的抵抗，那就是通过写作，通过一种谨慎的审视，一种精神上的文化统一体的理念，一种不受限制的文学世界主义。与通过政治立场的作秀来彰显反战精神相比，茨威格更擅长通过对人性幽微的洞烛来展示世界的状态，从而达成一种更深刻的批评。与大多数同时期的作家不同，茨威格的小说作品一直聚焦人物纤毫的内心，挖掘其中的无限，从而在另一层面上通过人类的执念和受限的方式来展示历史对个体命运和自由的束缚。《象棋的故事》何尝不是一个抨击纳粹暴政的故事呢？在B博士最终的自我作战与对弈幻觉中，破坏的机制已经成型，若不是命运的眷顾，他可能不只是一个受害者，甚至会成为杀戮机器中的一个零件。

今时今日，茨威格的作品和人生在欧洲引起了越来越多的反思和关注。2016年，德国导演玛丽亚·施拉德根据茨威格生平改编的电影《黎明前》聚焦茨威格和妻子在自杀前的最后日子，试图让他们悲剧性的决定变得可以理解；名导韦斯·安德森2014年入围柏林电影节的电影《布达佩斯大饭店》，其灵感也来源于茨威格的自传《昨日的世界》，并撷取了《一个女人一生中的二十四小时》和《心灵的焦灼》等作品中的片段。可见在我们的时代，越来越多的人尝试从新的角度理解茨威格，理解他小说世界里的束缚与无限，理解他作品中的人性幽微处，理解他的文化世界主义，还有他对一个逝去的欧洲的幻梦。

不受时代与国别限制的隽永魅力

早在20世纪初，几乎和欧洲同步，中国便已引进了茨威格的作品。1925年，中国学者杨人楩在《民铎》杂志上撰文《罗曼·罗兰》，并提到了"刺外格"（茨威格）一名。三年后，茨威格的传记《罗曼·罗兰》在商务印书馆出版，由杨人楩翻译，茨威格的作品自此为中国读者所熟知。20世纪80年代，国内掀起了一场"茨威格热"，他的小说、传记、剧本和散文成了国内德语文学译介的主流，并让弗洛伊德的精神分析和维也纳现代派等德奥文学文化潮流在国内日益深入人心。此外，他的小说在国内还被多次改编成舞台剧和电影。茨威格在中国掀起的阅读热潮在德语作家中可谓前所未有，甚至在欧洲，《维也纳日报》等主流媒体也对其作品在中国的影响力之大表示震惊。和茨威格同时代的其他奥地利大作家，如卡尔·克劳斯和约瑟夫·罗特等人，其作品在中国的翻译和推介要滞后半个世纪甚至一百年，这一方面是因为中国国情，另一方面也从接受史的角度证明了茨威格作品具有不受时代和国别限制的隽永的魅力。

2019年，我在德国柏林攻读博士之际，受作家榜的邀请，接受了茨威格中短篇小说集新译本的翻译工作。该小说集精选了茨威格创作生涯中最具代表性和影响力的名篇：既有来自其三部最具代表性的小说集——《初次经历：儿童国的四个故事》《马来狂人：关于激情的故事集》和《情感的迷惘》中的作品，也有一些在报纸杂志上单独发表的优秀篇目，如《看不见的珍藏》和《重负》。所翻译的原文主要来自两部奥地利出版的茨威格小说最新编注版本——维也纳佐尔奈出版社的《最初的梦》和《情感的迷惘》；此外，《里昂的婚礼》参照的是德国费舍尔出版社的《茨威格小说三篇》（1985年第1版）；《象棋的故事》则参照德国费舍尔出版社的同名单行本（1988年第1版）。非常巧合的是，我接受委托之前所住的公寓，恰恰位于勃兰登堡州马洛市内一条名为"斯蒂芬·茨威格大街"的街道上。诚然，茨威格的盛名很难和马洛这座郊区的小镇有什么直接的联系；不过，就算在人烟稀少的小镇里，也能在路牌上见到茨威格的名字，这不正好佐证了茨威格作品永恒的价值？作为一个真正的世界主义者，他从未让自己的故事囿于任何一个地方和情景，而总是通过探索人物内心的深渊，来建筑自己独具一格的小说宇宙。这种"受限"和"创造"之间看似矛盾、实则共生的关系，既是他作品的终极定义，也是他人生的写照。

二十多年前，我还在一座破败的县城小学里上学，在学校门前的书摊上买到了我的第一本茨威格小说，怀着好奇又激动的心情读了《一个陌生女人的来信》。这篇小说的一字一句都在我心里留下了难以磨灭的印象，并一直伴随我度过了最孤独的中学时代，影响了我在上大学之际的专业选择。可以说，茨威格的书改写了我人生的路径。在茨威格一百四十周年诞辰之际，我有幸完成了全书的翻译。此前，茨威格的中短篇小说集已经有了诸多经典的、脍炙人口的译本，我自然不敢夸口拙译会更胜一筹。然而在以往的版本中的确存在风格和叙事不统一的地方，比如对茨威格句式结构和遣词造句的简化——读过德语原文的读者都会被茨威格那繁复又纤细的文笔折服，都会为其句子的绵长和复杂而赞叹，那是一种只有后哈布斯堡时代的作家才会有的纷繁缱绻的风格，要是为了浅显易懂而把句式拆解甚至口语化，恐怕有违译文信达的原则。我试图在原作者的风格和读者阅读的流畅感之间达到一种平衡，并恢复茨威格作品中那种在经典译本中部分散失的原始节奏。由于翻译时限和编辑版本存在差异（比如不同版本差异较大的《日内瓦湖畔插曲》），译文中的纰漏和不当之处恳请各位读者批评指正。

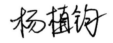

于德国布兰肯费尔德－马洛

2021 年 12 月

一个女人一生中的二十四小时

　　战前十年，在我当时下榻的一所位于里维埃拉[1]海滨的旅馆餐厅里，曾爆发过一次激烈的争论。出人意料的是，争论很快就演变成狂暴的唇枪舌剑，险些以憎恨和辱骂收尾。世上的人，大多麻木不仁，缺乏想象力。无关痛痒的事，他们不会煽风点火；可如果眼下的事触犯到他们哪怕一丝半点个人情感，他们就会怒不可遏、顺势浇油。在这种情况下，人们会一扫平日里事不关己的态度，代之以夸张的、不合时宜的暴虐。

　　我们这个餐厅里坐在同桌的中产阶级小圈子，恰恰就陷入过一次这样的争吵。平日里，我们总是友好地寒暄，

---

1 里维埃拉：地中海沿岸区域，包括意大利的西北海岸和法国的蔚蓝海岸地区，是欧洲最著名的度假和疗养胜地之一。

或是开些无伤大雅的玩笑，吃完饭后就各奔东西，那对德国夫妇去踏青和拍照，那个肥胖的丹麦人百无聊赖地去钓鱼，那位英国贵妇去看她的书，那对意大利夫妇去蒙特卡洛寻乐子。而我呢，则坐在花园里无所事事，又或者去工作一会儿。不过，在爆发争吵的那天，我们所有人都针锋相对，你不让我我不让你；要是有谁突然从桌边站起身来，那可不是像平日那样要彬彬有礼地告辞，而是要把怒火喷向在座的其他人，正如我刚才所说的那样，准备激烈地为自己争辩。

打破我们小圈子一贯平和的事件，本身就已经足够离奇。我们七人住的那家膳宿旅馆，表面上是一幢与世隔绝的别墅。啊，从旅馆房间的窗户看出去，能见到美不胜收、礁石嶙峋的海滨！不过，它其实是那家金碧辉煌的宫廷饭店的一栋比较廉价的附属建筑而已，而且和前者通过一个共有的花园连接起来，所以我们和宫廷饭店的那些住客平日里一直都有来往。就在前一天，这家饭店传出了一桩不折不扣的丑闻。

当天十二点二十分的时候（我不能不告知各位读者这个精确的时间，因为它无论对这个插曲还是对我们后来争吵的主题来说，都至关重要），一位年轻的法国男子乘着正午列车到来，并在饭店里一个朝向海滨、可以远眺大海的房间里住下了，这件事本身就意味着他大有来头。不过，不论是其无可挑剔的优雅气质，还是他那不同凡响的、让人心生好感的英俊外表，都让这位年轻人处处受人瞩目、惹人怜爱。细长的、宛如少女的脸庞，感性温热的双唇和上方的丝绸般泛金的髭须，白皙的额头上那轻软微卷的棕色刘海，还有能用目光爱抚别人的温柔双瞳——他脸上的一切都那么柔美、撩人、可爱，带着只属于他自己的气质，又毫无造作雕饰的痕迹。

从远处看，他给人的第一眼总让人想起大型时装店橱窗里的那种肉色蜡像，它们握着手杖，非常高雅，用来展示理想中的男性美，然而只要凑近了看，那种纨绔子弟特有的印象又会消失无踪，因为在他身上——非常罕见——没有任何雕琢整饰的人工感，只有与生俱来、纯属天然的可爱与迷人。他向每个遇到的人致意，既谦虚又真诚；他身上的优雅总在每一个小动作里舒展流淌，让人赏心悦目。每当有位女士往衣帽间走去，他总是抢在前头，帮她把大衣取下来，而对每个小孩子，他总是和颜悦色，有时会说卜一两句逗趣的话，给人热情开朗又礼貌得体的印象。总而言之，他看起来就属于那种幸运儿，相信自己能用明媚的脸庞与青春活力取悦身边的人，并在反复试验之后，把这种确信转变成驾轻就熟的优雅。对大多数年老体弱的住客来说，他的存在就好比天赐之恩；他青春貌美，昂首阔步，尽情展示轻盈清新的风度，和身边的人共享自己的优雅，因此不可避免地夺取了所有人的心。刚到饭店不过两小时，他就已经和那个来自里昂的胖工厂主的两位千金打起了网球，她们是十二岁的安妮特和十三岁的布朗琪，而她们的母亲，温柔高雅又格外腼腆的亨莉埃特夫人，则在一旁微笑地看着她两个年轻的女儿和这位来路不明的年轻人打情骂俏，仿佛出自本能那样自然。

当晚，他凑到我们的牌桌边来，洋洋洒洒地讲了一小时各种有意思的轶事，然后又和亨莉埃特夫人到露台上散步去了，后者抛下了她的丈夫，他还像往常一样和一位生意上有来往的朋友玩多米诺；稍晚点的时候，我还看到他和饭店的女秘书在昏暗的办公室里可疑地谈着什么。

翌日早上，他陪我那位丹麦朋友去钓鱼，在这方面展示了惊人的学识，之后还久久地和里昂的工厂主聊政治，从胖工厂主那盖过海浪的笑声来看，这位年轻人显然不乏风趣幽默。饭后——我把每时每刻发生的事件交代得这么清楚，因为它们对理解整个故事至关重要——他又和亨莉埃特夫人坐在花园里喝了一小时黑咖啡，然后去和她的两个女儿打球，还和那对德国夫妇在大厅里拉了会儿家常。晚上六点的时候，我正要去寄一封信，却在火车站附近遇见了他。他匆匆忙忙地向我解释说他要失陪一阵子，因为突然接到了离开此地去办事的通知，两天后会回来，说罢便继续赶路了。当晚吃饭的时候，他人虽然不在，却依然是大伙儿聊天的唯一话题，没人不对他那温文得体、活泼爽朗的风度赞不绝口。

夜里，大概十一点的时候，我正在房间里想把一本书读完，却突然听见窗外传来叫喊声，对面饭店里显然发生了骚动。更多是因为好奇而非忐忑，我走了五十步来到对面，只见人头攒动，住客和服务员都局促不安、乱作一团。亨莉埃特夫人原本像往常一样，在她丈夫和来自那慕尔[1]的朋友玩多米诺的时候沿着海边露台散步，可是今晚她却没有回来，恐怕是出了什么意外。肥胖的工厂主像头牛一样往海边冲去，边跑边大喊着："亨莉埃特！亨莉埃特！"声音都因为不安而扭曲了。在夜晚的海边，这叫声听起来异常惊悚，仿佛来自远古世界的一头濒死的巨兽。饭店侍者们焦虑地跑上跑下，叫醒所有的客人，还报了警。在此期间，那个肥胖的男人还在跌跌跄跄地跑着，衣冠不整，上气不接下气，无望地对着黑夜叫唤："亨莉埃特！亨莉埃特！"他的两个孩子也醒了，穿着睡衣，对着窗外大声叫着母亲的名字，于是父亲只好又跑上楼去安抚她们。

---

1 那慕尔：比利时中南部城市。

接下来发生的事是那么骇人听闻，要复述一遍几乎不可能，因为在情感限度无法承受的瞬间，狂风骤雨般的事件刻在人类脑海的只有一个极其悲怆的印象，以至于没有任何图像或者文字能用同等的、闪电般的速度将其再现。那个肥硕无比的男人突然面色大变，疲惫又阴沉地从咿呀作响的楼梯上走下来。他手中拿着一封信。"您把所有人都叫回来！"他用刚好能听清的声音对饭店主管说，"请您叫各位回来，不用再找了。我的妻子抛弃了我。"

这是一个濒死的男人的镇定，一种超越凡人的自制，在他面前是一群先前好奇地望向他，现在却突然惊恐、羞耻、迷惑地从他身上移开目光的人。他竭尽最后的一点点气力，步履不稳地从我们身边走过，没有看身边的人一眼，径直走到书房里把灯拧灭；然后我们听到他那沉重的身躯倒在扶手椅里的声音，听到一种野性的、猛兽般的啜泣——只有从未哭过的男人才会这样哭泣。

他那刻骨的痛楚马上攫住了在场每个人，狂暴得令人眩晕，哪怕最与之无关的人也不得不为之震动。没有一个侍者，没有一个因为好奇心而溜过来的客人此刻敢微微一笑或者说出一个表示遗憾的词。默然无声，因为见证了这让人粉身碎骨的情感爆发而羞耻不已，我们一个接一个地回到自己的房间里，留下那个被不幸击倒的男人躲在漆黑的房间角落里，孤苦伶仃，独自啜泣。包裹着他的是这幢窃窃私语的房子，它低声细语，呢喃不止，缓缓地走向瓦解。

可以理解，这样一桩突如其来、直击人心的事件为什么会惹恼那些平日里无所事事的人。我们桌边的争论总是突然爆发，然后把所有人逼到要动武的边缘，虽然这些争吵的起点是那桩骇人的事件，不过后来证明，它本质上更像是各种不同的人生观之间的角斗，也是一场对生活态度的基本探讨。一个女佣偷看了那封信——当时，精神崩溃的丈夫把读完的信揉成一团，随手扔到了地上——然后不慎说漏嘴，把信的内容传得人尽皆知。亨莉埃特夫人并不是一个人，而是和那个法国年轻人一起私奔了（在座大多数人对他的好感立马被败得一干二净）。第一眼看来，这位小包法利夫人会抛弃她那个肥头大耳、土里土气的丈夫而投入一个英俊小生的怀抱，也是可以理解之事。不过让人震惊的是，这位道德上无可挑剔的三十三岁贵妇，和一个刚认识的年轻男子只是晚饭后在露台上聊了两小时天，在花园里喝了小时咖啡，就对其投怀送抱，甚至抛夫弃女，把命运随便交给这个花花公子。这恐怕不仅仅是工厂主和他的女儿，甚至连亨莉埃特夫人自己也无法想象的风流韵事吧。

一番讨论之后，众人一致认为，所谓"相识不久"只是一对小情人用来骗人的幌子罢了：亨莉埃特夫人和那个年轻人肯定老早就认识了，那个诱惑者这次到她下榻的饭店来是为了商讨私奔的最后细节，否则——他们的结论是——一位道德高尚的贵妇在两小时之后就被一个刚认识的陌生人骗走了，这怎么可能呢？此刻，我却执意提出不同的看法，仿佛能从中得到乐趣一样：一个女人，长年累月和自己不爱的男人捆绑在一起，过着无聊又令人沮丧的婚后生活，其实心里可能早就做好了随他人而去的准备。因为我提出的异议，在座的人马上就把这件事套用到自己身上，尤其是那对德国夫妇和那对意大利夫妇，他们都觉得所谓的一见钟情极其愚蠢，只是某些下三烂小说里的幻想罢了；他们对我很是蔑视，几乎用侮辱的口气否定了我提出的可能性。

当然，对于在上汤和甜点之间爆发的这场激烈争论，没有必要抓住各种细节不放。只有那些惯吃定餐的高雅之士才会说出值得一提的妙语，我们这些人情急之下所能找到的都是些老生常谈的论据，毕竟在一次偶然爆发的争吵之中，人们总会抓住任何一根救命稻草。难以解释的是，为什么我们的争论这么快就落到要互相羞辱的地步。

导火线应该是，那两个丈夫不由自主地想知道，自己的妻子是不是也会陷入和亨莉埃特夫人相同的危险处境里；可惜两位夫人找不到更好的回答，只能一味和我针锋相对，对我说，我对女性心理的评判太过肤浅，和那些在调情中偶然得手的单身汉毫无二致。这话已经让我有几分来气了，这时那位德国夫人还好为人师，火上浇油。她说，世界上啊，有两种女人，一种是真实的女人，另一种则是"天生的娼妓"，亨莉埃特夫人毫无疑问属于第二种。这话一出，我再也受不了了，于是变得咄咄逼人起来。我说，你们之所以拒绝接受这样一个显而易见的事实，拒绝认为一个女人在她一生中的某些时刻会臣服于意志和认知无法掌控的神秘力量，那是因为你们自己也在害怕，你们害怕自己的本能，害怕会在某一天臣服于自己内心的恶魔；有些人站在道德的制高点，觉得自己不会轻易受诱，觉得自己更强大、更正派、更纯洁，这样想会让他们内心好受一点。我本人却认为，一个顺从自己的本能和激情的女人，比那些和丈夫同床异梦、满口谎言的女人要真实多了。

我大致上就说了这样的话，在争吵白热化之时，他们越是全力诋毁可怜的亨莉埃特夫人，我就越起劲地去维护她（事实上这远远超出了我自己内心的本意）。正如大学生们常说的那样，我的激动对那两对夫妇来说可谓"下了战书"，他们此时齐齐唱起双簧来，齐心协力对我发起进攻，以至于那个一直满脸平和、像拿着秒表的足球裁判一样端坐在那儿的丹麦老先生也看不下去了，于是他时不时地用指节敲敲饭桌："好了好了，先生们。"不过这只是将战火暂息了几秒钟。一位先生三番五次气急败坏地从桌旁站起来想动手，又被他的夫人劝住了——总而言之，哪怕再持续几分钟，我们就要大动干戈，这时，就像一滴润滑油一样，C夫人突然插话，平息了我们的怒火。

C夫人，一位白发苍苍、高雅非凡的英国老贵妇，俨然我们这一桌的荣誉主席。她笔直地坐在她的位置上，面带平和不变的友善，不发一语，可又总是兴致勃勃地聆听，光是她的存在就已经给人赏心悦目的印象：完美的镇定，贵族的举止，还有其散发的沉静之光。尽管与每个人都保持着一定距离，她却懂得怎么通过一颦一笑来传达一种特别的善意，大多时候她都坐在花园里看书，有时弹弹钢琴，很少有人为伴，也不曾加入什么热烈的谈话。她几乎是无声无息地存在着，却又使所有人臣服于她特有的权力之下。所以，当她头一回介入到谈话中来，我们都觉得很难为情，因为我们方才实在是聒噪不止，有失体统。

在那个德国人愤怒地从桌边跳起，然后又回到座位上的空当里，C夫人出人意料地抬起她那双灰色的、清澈的眼睛，犹豫地看了我一眼，然后客观明了地接过话头，提出了自己的看法："如果我没理解错的话，您是说，亨莉埃特夫人是完全无辜地被牵涉到一桩冒险之中？您的意思是，一个像亨莉埃特那样的女人，可能在一个小时前还觉得出轨就像天方夜谭，与己无关？"

"是的，我正是此意，尊敬的夫人。"

"按您的说法，任何道德评判都是无效的了，任何伤风败俗的行为都可以得到辩解。如果您真的认为，那些**激情犯罪者** [1]，正如法国人常说的那样，算不上真正的罪犯，那我们要国家的司法体制又有何用？的确，司法是铁面无私的——您则有副慈悲心肠，"她微笑着补充道，"您会愿意在每一桩罪行里面寻找激情，然后为其开脱。"

她述说的口吻明白无误，可又带着一种近乎快活的语气，这使我大为感动，于是我也不自觉地模仿起她的口吻来，半是严肃半是揶揄："国家的司法体制对这些事的评判当然比我严格得多；毕竟它要铁面无私地维护普遍的道德秩序和行为规范，它的任务在于审判，而非辩解。不过，作为一个普通人，我不觉得我有必要站在国家司法机关的制高点审判别人，我更愿意当一名辩护者。理解他人，而非审判他人，这对我来说更有乐趣。"

好一会儿，C夫人都用她那双明亮的灰色眼睛上下打量我，想开口说话可又犹豫不决。我担心她没有听懂我的回答，于是准备用英语复述一遍。这时，她突然又提出了新问题，带着一种不同寻常的严肃，仿佛是在监

---

1 原文为法语。

考："一个女人，抛弃她的夫君和两个孩子，就为了和一个她根本不知道值不值得爱的男人在一起，您难道不觉得这种行为无耻吗？毕竟，她也不是什么正处在豆蔻年华的少女，而是两个女儿的母亲，应该为了孩子学会自尊自爱，您真的能为这样一个女人草草犯下的失格行为辩解吗？"

"我跟您重复一遍，尊敬的夫人，"我固执己见地说，"我拒绝在这种情况下担任审判者的角色。在您面前，我可以坦白地承认，我刚刚的说法是有点言过其实——这位可怜的亨莉埃特夫人当然不是什么英雄，甚至算不上是为了爱情敢于冒险的人，当然更称不上什么**情种**[1]。根据我往日对她的印象，亨莉埃特夫人其实是一名平庸又懦弱的女子，她现在敢于顺从自己的内心，这固然让我心怀敬意，不过我对她更多的是遗憾和同情，因为她明早一觉醒来，甚至可能此时此刻就已经发现自己身处极度的不幸之中。她的行为固然鲁莽，甚至愚蠢，可是绝非低贱下作，我始终觉得，无人有权去蔑视一个可怜的、不幸的女人。"

"您自己呢，您真的会对这个女人始终心怀敬意吗？她前天还是一个和大家在一起的可尊可敬的贵妇人，昨

---

1 原文为法语。

天则是一个跟野男人远走高飞的女人，在这两个人之间，您真的不作任何区分吗？"

"不作。在我看来她们就是同一个人，完完全全是同一个人。"

"**真的吗？**"她下意识地说了一句英语，这整个对话让她格外着迷。沉思片刻之后，她再一次向我投来清澈的、询问的目光。

"要是您明天，比如说在尼斯吧，遇到了亨莉埃特夫人，她正依偎在那个年轻人的怀里，您还会对她打招呼吗？"

"当然。"

"您还会和她说话吗？"

"当然。"

"要是您——假设您已经结婚了，您会装作什么都没发生那样，把亨莉埃特夫人介绍给您的妻子认识吗？"

"当然。"

"**您真的会吗？**"她此刻又换回了英语，满脸写着难以置信。

"**我当然会。**"我同样下意识地用英语回答她。

C 夫人不吭声了。她好像还在努力地思索着什么，这时她突然望向我，仿佛被自己的勇气所震惊，脱口而出道：

"我不知道我会不会像您那样做。可能吧。"[1] 她用一种英国人特有的自然和果敢结束了谈话，站起身，向我友好地伸出手来。因为她的介入，我们的小圈子又恢复了往日的平和，我们心里都在暗暗感谢 C 夫人，是她使得敌对的人之间最后还算礼貌地握手言欢，是她化解了我们之间那危险的张力，让争吵在小小的揶揄和玩笑话中落幕。

尽管争吵结束得彬彬有礼，激起的怒火却已经让我们之间心存芥蒂。那对德国夫妇表现得非常克制，意大利夫妇则乐此不疲地在接下来的几天里问我，有没有那位 **"亲爱的亨莉埃特夫人"**[2] 的消息，讥讽之情溢于言表。哪怕我们之间再礼貌得体，此前交谈的那种无拘无束和坦诚自然，也已经无可挽回地消失了。

不过，与那两对夫妇的冷冷的讽刺形成鲜明对比的是，C 夫人在那次谈话之后对我表现出了不加掩饰的友善。她平时非常内向，几乎不会参与任何一场饭局之外的闲聊，然而如今一反常态，总是找机会在花园里与我交谈——这简直算是一种奖赏，光是她那优雅绝伦、内敛深沉的气场就已经使得我和她的交谈带有特殊的荣光。

---

1 原文为英语。
2 原文为意大利语。

没错，老实说，我得承认，如果C夫人不是一位白发苍苍的老太太的话，她毫不掩饰地到处找我聊天这件事肯定会让我心旌摇荡。然而，每次我们聊天的话题总是不可避免地回到我们相识的出发点，也就是亨莉埃特夫人身上来：她好像从指责那个离经叛道、意志力薄弱的女人当中获得了莫大的乐趣。不过，每当我坚定地替那个感性、柔情的女人辩护，对她表示同情时，C夫人又会很高兴。她总是有意把我们的谈话引到这个方向来，到最后连我自己也不知道该如何评判她那近乎怪癖的执着。

又过了五六天，C夫人依然守口如瓶，不肯告诉我这个话题对她来说为何如此重要。直到有一天，我在散步时对她说，我在这里待得差不多了，后天就要动身告辞。她听说我要离开后，平日波澜不惊的脸突然绷紧起来，海灰色的眼睛里仿佛有乌云掠过："那太可惜了！我还有很多事想跟您讲呢。"接下来她说话都慌慌张张，心不在焉，说明她心里乱成一团，有什么事死命揪住她不放。最后，她打破了我们之间的沉默，出乎意料地向我伸出手，仿佛自己也无法再忍受内心的波澜了："我觉得，那些我要告诉您的事，我这会儿说不清楚。我还是给您写下来吧。"说罢，她迈着比平时迅疾的步子，朝饭店走去。

当晚，在晚饭开始前不久，我果真在我的房间见到了一封信，里面是她那遒劲有力的字体。可惜我年轻时对待信件漫不经心，以至于现在已经无法原文复述，只能粗略讲述她来信的内容。她询问我，介不介意听她讲讲自己生命中的一件事。这件事已属遥远的过去，与她现在的生活几乎不再相干，却一直在折磨她的内心。我后天即将离开，这使得她向我坦白也容易了一点。要是我不觉得她烦人，她想请求我抽出一个小时的空闲来，听她讲述这件事。

这封我在此只能复述个大概的信，确实让我心醉神迷，光是用英语写成，就已经使它充满了高度的冷静与坚毅。然而要回复它实属不易，我三易其稿，才写好了一封给 C 夫人的回信：

> 能得到您此番信任，实在是莫大的荣誉。我答应您，只要您愿意，就给您呈上我最真诚的答复。诚然，我无法要求您讲述超出您内心接受限度的事情。不过，如果决定了要讲述，那就请您对我，也对您自己，全然坦白。请相信，对我来说，您的信任实属殊荣。

我派人把回信送到她房间，翌日清晨，我便收到了答复：

您说的完全在理，半真半假毫无价值，只有全然的坦白才有意义。我会竭尽全力，不向您，也不向我自己隐瞒任何细节。请您用完晚餐之后到我的房间里来——我已经六十七岁啦，无须担心别人有什么闲言碎语。在花园里或者有人在旁边的时候我真的无法开口直言。您要相信我，下决心讲述这件事并不容易。

　　白天的时候，我们还在桌旁闲聊着各种无关紧要的事。不过在花园里，她就满脸惶惑地避开我，这既让人尴尬又让人感动，这个白发苍苍的老妇人，居然像个娇羞的少女一样躲开我，逃进两边栽满松树的林荫道里。

　　当晚，在约好的时间，我敲了敲她的房门，门马上就被打开了，C夫人的房间处在半明半暗的光线里，唯有桌上的一盏台灯，在迷蒙的房间里投下一道黄色的锥形光柱。C夫人落落大方地向我走来，请我在一把沙发椅上坐下，然后坐到我对面。我觉得，所有这些动作，其实都已经在她心里演练了好多遍。尽管如此，在要开口的时候，她还是久久地一声不吭，这是决心坦白一切之前的艰难的沉默，违背她自己意志的沉默，如此凝重，我根本不敢说出哪怕一个字来打破它，因为我感觉到，她那不屈不挠的意志正在作最后的斗争。房间下方不时传来微弱的华尔兹乐声的碎片，我紧张地聆听着，仿佛是要减轻一点这沉默的重压。C夫人自己好像也因为这不自然的沉默而难堪，这时，她突然站起身来，开始了她的讲述：

"第一句话，总是最难的。为了能彻底坦白，一清二楚地讲述这件事，我已经准备了两天两夜，希望这次能顺利讲完。或许您无法理解，为什么我要对一个陌生人倾吐衷肠，然而真的没有任何一天、没有任何一小时我不在想着这件事，您大可以相信我这个白发苍苍的老妇人，我生命中的每分每秒都在凝视着那一点，凝视着那一天，这实在是让人无法承受的重压。我接下来要跟您诉说的这件事，只是一个女人长达六十七年的一生中的二十四小时而已，而我经常疯狂自问，如果就一秒，如果就在一秒里丧失理智，那将意味着什么。可是，这个人们经常很不确定地称之为'良心'的东西，我却一直无法摆脱。直到听见您实实在在地谈论亨莉埃特夫人的事，我的脑海中才浮现一个念头，或许，这一次，我终于可以下定决心，向某个人讲述我生命里的这一天，从此告别那毫无意义的回想和无休无止的自责。要是我不是英国新教徒，而是天主教徒的话，恐怕早就已经向神父忏悔，借此把沉默转化为语言，自己也获得解脱——可惜这一安慰对我们来说并不可能，因此我今日想做一个特别的尝试，那就是通过向您诉说这件事，解放自己。我知道，我所做的一切都非常怪异，不过您还是毫不犹豫地听从了我的心愿，为此我要向您表示谢意。

"我方才跟您提过，我要说的只是我一生中的一天——抛开这一天不说，我的一生可谓无足轻重，也不会让任何人感兴趣。在我四十二岁前发生的一切，都规规矩矩，平淡无奇。我父母是苏格兰富庶的地主，我们拥有庞大的工厂和辽阔的租地，一直按照苏格兰贵族传统来过日子，在伦敦人出门游走欢庆的时节，我们却在自己的农庄里度过大部分时光。

"十八岁时，我在聚会上认识了我未来的丈夫，他是著名的R家族的次子，长达十年的时间都在印度服役。我们很快就结婚了，从此在我们自己的社交圈子里过着无忧无虑的日子，每年有三个月在伦敦，三个月在农庄里，剩下的时间便周游列国，在意大利、西班牙和法国游山玩水。我们的婚姻从未出现半丝裂缝，我们的两个儿子也已长大成人。我四十岁的时候，丈夫突然病逝。他在热带服役时染上了肝病，短短两周，我就失去了他。我们的长子有公务在身，年轻的那个还在上学，所以丈夫离我而去的时候，我一夜之间就被抛进了虚无；平日里总是被热情的人们簇拥着，此刻的孤寂对我来说无异于可怕的折磨。在空空落落的家里，每一件家具和物品都在提醒我失去爱人的剧痛，再多待一天我都会受不了。于是我决定，在接下来的几年里，只要我的两个儿子尚未成家，我都要去四处旅行。

"事实上，从这一刻开始，我就觉得自己的人生失去了意义与价值。那个二十三年来和我朝夕相处推心置腹的男人死了，而我的两个儿子并不需要我，相反，我还担心自己的阴沉和忧郁会毁了他们的青春年华——我自己呢，则不再向往或渴望任何东西。一开始，我搬到了巴黎，在那里百无聊赖，不是去逛街就是去博物馆；可这座城市和它的居民对我来说是那么陌生，我总是躲开人群，因为无法忍受他们看我穿着丧服时那彬彬有礼的、怜悯的眼神。这几个月，我都像茨冈人一样居无定所，感官麻木，对身边的一切视若无睹，所以实在不知道该怎么向您讲述，我只知道，自己当时唯一想做的事，就是去死。尽管满怀悲痛地渴望着死亡，我却缺乏赴死的力量，甚至连加快这一进程都做不到。

"服丧的第二年，也就是在我四十二岁那年，为了摆脱这段毫无价值、难以承受的时光，我在三月偷偷地逃到了蒙特卡洛[1]。实话说，这次出行是因为无聊，是为了摆脱那一股恶心的让人生不如死的空虚，为了用外部的小

---

1 蒙特卡洛：摩纳哥最著名的一个城市，以豪华的赌场闻名于世。

小刺激和冒险把它填满。我的内心越是冷漠，我就越是想去那些生机勃发的地方。对一个毫无冒险经验的人来说，别人的激情和躁动就像戏剧或者音乐一样，会汇入到他的精神世界里去。

"所以，我经常出入于当地的赌场。观察赌徒们的表情，看大喜大悲如何在他们脸上起起伏伏，而我置身事外，心如死水——这样的体验让我着迷。此外，我丈夫生前虽说不太爱冒险，却也是个不时出入赌场的人，我现在几乎是带着某种不自觉的虔诚去延续他往日的习惯。就在这里，那比任何赌博都要激荡人心的二十四小时开始了，并将在接下来的几十年里，扰乱我命运的方向。

"午间，我和M公爵夫人，我家族的一个亲属，一起吃了饭。晚餐之后我觉得还有精神，暂且没有睡意。于是我就去了赌场，在各个赌桌之间闲庭信步，用一种特别的方式观察着那些簇拥在一起的赌徒，自己则不参与其中。我所说的'特别的方式'，指的是我丈夫生前教我的一个在赌场里解闷的方法。之前，我看到的总是一些年老的、布满皱纹的女人的脸。她们往往已经在沙发椅里坐了几小时，才敢下一回注，这些狡猾的老手，这些在一群可疑的人当中赌钱的娼妓。您知道，某些下三烂小说总把这些女人的小圈子描述得雍容华贵、优雅绝伦，俨然欧洲贵族，叵事实上她们一点也不高雅，更不浪漫。

此外，这家赌场在二十年前可比现在诱人多了——当时赌桌上滚来滚去的还不是筹码，而是看得见摸得着的钱，沙沙作响的钞票，闪闪发光的金币，卷在一起的脏兮兮的五法郎纸币；今时今日您能见到的就是，在一座新建的时髦又浮夸的赌场里，一些满脸俗气的小市民观光客，百无聊赖地挥霍着一个个看不出是多少钱的筹码。我当时对那些千篇一律的扑克脸兴趣寥寥，直到我那位热衷于手相术的丈夫告诉了我一种特别的观察方式，这样比无所事事地站在那里瞎看更有趣、更刺激，那就是，不看赌徒们的脸，只看他们搭在赌桌上的手，观察它们独特的一举一动。不知道您有没有偶然亲眼见过那些绿色的赌桌，一个绿色的方形，中间是一个好像喝醉了的球，在不同的数字之间歪歪扭扭地滚动，在圈起来的方形内部，钞票、金币、银币就像种子一样从四面八方撒落，赌桌主持人拿着专用的耙竿，像锋利的镰刀那样猛地一挥，钱就被收割了下来，或者被划到胜利者的那边。在这样一种特定的视野中，赌徒们双手的动作就是唯一变化不定的要素——它们为数众多，在明晃晃的光线下蠕动，围着绿色的桌边，守望着，从各式各样的衣服袖子里探出来，像是准备一跃而起的猛兽，每一只都有自己独特的肤色和形状，有些光光的，有些则戴着戒指和叮当作响的手链，有些长满了野兽般的毛，有些则光滑湿漉，像鳗鱼一样虬曲，不过共同点是都紧绷着，并因为极度不耐烦而微微颤抖。

"我无意中联想到赛马场，那些情绪激动的马用缰绳费力地套着，以防它们在发出比赛信号之前就飞奔出去：那些马颤抖个不停，高抬马头，弓起身子，看起来就和眼前那一双双手毫无二致。从这些手可以看出一切，从它们等待、攫取和停顿的方式可以了解它们主人的全部：占有欲强的人，双手会曲成爪状；挥霍无度的人，双手比较松弛；精于盘算的人，双手异常冷静；被逼入绝境的人，手腕则会抖个不停。在伸手拿钱的那一瞬间能看出几百种人的性格，只需观察下他们的手是猛地把钱抓住呢，还是紧张地把钱捏在手心里，抑或是在分钱的时候疲惫地停在桌沿。人生如赌场，这可算是老生常谈了；可是我要说的是，人生更像赌桌上的手。因为所有的赌徒，或者说几乎所有赌徒，在赌博生涯中都学会了控制自己的面部表情——在领子上方，他们戴着无动于衷的冷酷面具——强迫自己把嘴角下弯，咬咬牙把激烈的情绪咽下去，抹掉眼里的忐忑不安，把青筋暴突的面部肌肉捏成一副事不关己的高雅的扑克脸。不过，正是因为他们聚精会神地控制自己的脸——毕竟这是最容易泄露他们个性的部位——他们忘记了自己的双手，忘记了他们身后正有人在静静观察他们的手，并从中解读出他们刻意打造的呆滞微笑和淡漠眼神后面所隐藏的信息。

"他们的双手厚颜无耻地把内心的秘密大白于众。因为不可避免地，总有那么一个时刻，所有那些努力自我克制、看起来已经睡着的手指会打破它们先前的优雅和慵懒：在那爆炸性的一瞬间，轮盘中的球落进一个标号的小槽里，获胜者的数字随之被唤出，就在这一秒，这五百多双手会不自觉地服从最原始的本能，做出带有强烈个人色彩的动作。我从丈夫身上学到了独特的伎俩，习惯了在赌场里观察人们的双手，对我而言，双手情绪的大爆发总是出人意表，总能给人新鲜感，甚至比戏剧和音乐还要刺激。我无法向您一一描述，手的运动是多么千变万化，有些是像野兽一样长着毛发的虬曲的手指，像蜘蛛捕食一样把钞票吞进去；有些是神经质的、颤颤巍巍的手指，指甲苍白，几乎不敢伸出去把钱抓住；有高贵的手，也有低下的手，有暴虐的手，也有羞怯的手，有奸猾的手，也有迟钝的手——不过它们都各有不同，因为每双手都在表达一个独特的生命，那四五双赌场工作人员的手则另当别论。他们的手就像机械，平白务实，公事公办，带着一种无动于衷的精准，在赌徒们的鲜活的手面前，仿佛钢制的、一开一合的计数器。然而，哪怕是这些清醒冷静的手，在和它们那些充满激情和狩猎欲的弟兄的强烈对比下，也获得了自己的生命：它们俨然是穿着不同制服的警察，在骚动不安的人群中开路。

"这件事对我还有一种特别的吸引力，那就是，在观察了几天之后，我已经记住了某些手，能认出它们的行为习惯和激情；不出几天，我就总能在人群中发现自己熟悉的手，并开始把它们分为三六九等。有些给我好感，有些却让我厌恶；有些手因其贪婪和畸形而使我反感，我总会把目光从它们那里移开，就像目睹了什么恶俗之事。每一只新出现的手则使我好奇，给我新鲜感：我往往忘了看双手上方的那些面孔，它们仿佛冷漠的社交面具，高高在上，紧紧地束在燕尾服白衬衫或者闪闪发亮的女衫的领子里。

"那天晚上，我走进赌场，绕过两张坐满人的桌子，来到第三张跟前，手中准备着一些赌注，这时，我突然在一片静默中听见了不同寻常的声音。这静默源于那个小球在赌桌上两个数字之间滚动不定的瞬间，这时，桌旁的人总会屏息静气，不发一语，沉默本身仿佛在隆隆作响。在这空当中我听见了一阵啪嗒咔嚓的声音，就像骨折。我不由自主地朝对面望去。然后，我看见——内心震惊不已——两只手，两只从未见过的手，像两头狂怒的野兽在彼此交缠，垂死厮斗，在紧张的搏击中仿佛随时会爆裂，指关节就像被夹碎的核桃一样发出清脆的咔嗒声。这是一双罕见的俊美的手，颀长、清瘦、白皙，却又肌肉紧绷——贝母色的、黑桃形的指甲温柔地隆起，环绕着苍白的指尖。

"我看了它们一整个晚上——几乎是一动不动地盯着看，看着这双超越凡尘、独一无二的手——最让我内心震惊又迷狂的，却是它们的激情，它们那疯狂激越的表达，那青筋暴突地扭在一起、彼此缠斗的姿态。我马上就知道，这个人，正在汇聚全身满溢的能量，把激情压制在手指上，以免自己被它炸得粉身碎骨。而此刻，那个球发出干巴巴的隆响，终于滚进了其中一个槽盆里，主持人随之叫出中标的号码，话音未落，那两只手突然就松开了彼此，仿佛两头被同一颗子弹击穿的猛兽。它们垂落下来，精疲力竭，几乎垂死，仿佛被雷劈中，所传达出的失落和绝望是那么逼真，我几乎无法用语言将其再现。因为在此前，在之后，我再也没有见到过这样的一双手，它们上面的每块肌肉都会说话，每个毛孔都渗出活生生的激情。在那一瞬间，它们有气无力地瘫在绿色的赌桌上，就像两只被抛上岸的水母，枯萎皱缩，已然死去。然后，那只右手，突然弓起五指，疲惫不堪地用指尖站起身来，颤抖不已地往后退了一步，环视四周，摇摇晃晃地绕着圈，突然疯狂地抓向一个筹码，用拇指和食指的指尖把它像小轮子一样转来转去。就在一瞬间，它再次像猎豹一样弓起身子，把一个一百法郎的筹码扔到，不，喷到赌桌的黑色投注区里。说时迟那时快，一直一动不动、仿佛睡着了的左手，好像也被右手的激情所传染，站起身来，移到，不，爬到它那只刚刚扔完筹码、此时筋疲力尽的右手兄弟那里，两只手再次惊恐地抱在一起，用关节紧紧地嵌入彼此，就像打寒战的牙齿一样轻轻颤抖着上下咬紧，无声地蹲伏在桌子的边沿——不，不，我从来没见过这样一双会说话的手，从来没见过这样一种充满激情和张力的痉挛。它们气喘吁吁、寒战不已、惊恐狂乱地在桌边等候着，在它们面前，拱形赌场里的人来人往，嗡嗡作响的嘈杂声，主持人叫号的声音，还有那只从高处抛出、正在镶木的光滑的圆形笼子里乐此不疲地滚动着的球——这一切的一切，这些从脑际嗡嗡穿梭而过的混乱繁复的印象，好像都被突然清空，不再存在了。我好像中了魔法，欲罢不能地盯着这两只前所未见的手。

"最后，我终于忍不住了，我无论如何都要看看，这双具有魔力的手的主人是谁，长什么样子，然后，我心惊胆战地——没错，心惊胆战，因为我是多么害怕这双手！——顺着他的袖子和他瘦削的肩膀往上看。这一看又把我吓得浑身颤抖：他的脸，就像那双手一样，放荡不羁、剑拔弩张，忍受着巨大的紧张不安，却又不乏一种温柔的、几乎属于女性的秀美。我从未见过这样的一张脸，一张似乎从体内喷发出来、时刻沉湎自我的脸，此时我有了从容观察它的大好机会，仿佛它是一个面具，一尊眼神空洞的雕塑。上面的眼睛好像中了魔咒，纹丝不动，乌黑透亮，俨然没有生命的玻璃珠，长长睫毛下的瞳仁，映射着那个在轮盘桌上傻里傻气、不可一世地滚动着的桃花心木色圆球。

"我，从来没有，我得再说一次，从来没有见过这样一张心急如焚又让人心醉神迷的脸。这张脸属于一个约莫二十四岁的年轻男子，瘦削、温柔，略微狭长，充满了表现力。和那双手一样，这张脸呈现的并非纯粹的男子气概，而更像是一个正在欢快玩耍的小男孩的脸——不过这些细节我是后来才注意到的，因为这张脸现在正受着贪欲和狂怒的折磨。狭长的嘴唇充满热望地微启，露出半排牙齿，哪怕隔着十步远的距离，也能看到它们像在高烧中一样寒战，半开的双唇僵呆无力。被汗沾湿的额头上贴着一绺浅金色的头发，往前耷拉着仿佛要坠落而下，鼻翼随着粗重的呼吸而不停来回颤抖，好似有一股细小的波浪在皮肤上面滑过。他身子前倾，无意识地把头越凑越低，像是要被那个滚动不停的木球掀起的漩涡吸进去，这时我才明白他的双手为什么要痉挛不止地撑在桌沿上，因为只有这样才能使得已经失去重心的身体维持平衡。我从来没有——再说一遍——见过这样一张被激情吞噬的脸，它就像野兽一样，厚颜无耻，赤身裸体，往前突刺。而我，就一直这样看着它——意乱神迷，被它的迷醉所牵引，正如它的目光被那只滚来滚去的木球所吸附一样。

　　"从这一刻起，我再也注意不到赌场里的其他事物，我身边的一切在这张喷涌出烈焰的面孔之前都突然黯淡失色，有整整一个小时，我都只盯着这个男人和他的一举一动，其他人好像都不存在了。主持人把二十个金币推到他手边的时候，他贪婪的双眼闪闪发光，原先痉挛的、捏成拳头的手仿佛被炸散了，手指抖抖索索地张开来。就在这个瞬间，他的脸突然容光焕发，重获青春，皱纹消散，目露喜色，颤抖不已往前倾的身体此刻也抬头挺胸，明朗欢快——他就像一个打胜仗的骑士一样潇洒不已地坐在那儿，庆祝着自己的凯旋，手指得意又爱抚地弹着那些金币，碰碰敲敲，在桌子上把它们拧来转去，叮铃作响。末了，他又不安地把头转过去，扫视了一下绿色的赌桌，仿佛一只用鼻子东闻西嗅寻找猎物踪迹的小猎犬，然后猛地抓起一把金币，扔到桌子的一角。之前那如坐针毡地守候猎物的情景马上再现。他的双唇再次颤颤巍巍地一启一合，仿佛有电流通过，他的双手又紧张地扭缠在一起，他脸上那孩子气的神情在贪婪的渴望背后消失无踪，而变得心惊胆战，直到最后爆炸般地坠入失望的深渊。随着木球滚进没有猜中的数字槽里，他刚才还意气风发的年轻的脸，瞬间就老了，俨如死灰，枯萎凋零，双目呆滞，里面的火光彻底熄灭了，这也就是一秒钟的事。他输了，有那么几秒钟，他定定地，几乎是痴呆地看着赌桌，好像不理解眼前发生的事；可是，随着主持人那重新开赌的吆喝声响起，他的手又抓向一把金币。然而这次他不再自信，而是犹犹豫豫地把钱放进一个号码区里，然后想了想，又换到另一个区，此时木球已经在滚动了，他突然拿起两张皱巴巴的票子，用颤抖的手把它们扔进同一个号码区。

"就这样来来回回，反反复复，没有消停地赢了又输，输了又赢，大概一个小时过去了，我大气也不敢出地看着那张变化无穷、激情此起彼伏的脸，一秒钟也没有把目光移开；我一直看着那双有魔力的手，上面的每块肌肉都能鲜活地展示一个男人那喷泉一样分成各个层级的情绪起落。哪怕在剧院里我也从未如此紧张地观察过一位演员的脸；在这个年轻男人的脸上，光影交错，色彩与情绪无休止地跌宕轮换。我从未像现在这样，因为一个陌生人的激动不安而心醉神迷，就算在看话剧的时候我也从未像此刻一样全身心投入过。要是有人在这时见到我那眼睛眨也不眨地凝神细看的样子，肯定会以为我被催眠了。其实我当时的状态也和中了催眠术差不多——我全然麻木了，目光无法从那张神情起伏不定的脸上移开，而赌场里其他的一切，光影也好，笑声也好，眉目交接也好，人来人往也好，都只是像一片黄色的烟雾一样萦绕着我，烟雾的中心只有他，只有他的脸，那万火之火。我听不见了，没有感觉了，无论是身边人群的推搡，还是那些像昆虫触角一样伸出来扔钱拿钱的手，我都注意不到了；我看不见那个旋转的木球，听不见主持人的吆喝，一切恍若梦中，所发生的一切都映射在这双像巨大透镜一样的手上，扰动不安，一览无余。那个球到底是进了红区还是黑区，是在滚动还是已经停了，我都不用抬头看轮盘。每一场赌注，每一次输赢，每一次期待与失落，我都能在那张激情满溢、被火焰撕裂的脸上看到。

"然而不久之后，那个可怕的时刻到来了——那个我一直暗暗恐惧着的时刻，就像快要到来的暴风雨一样悬挂在心头，转瞬之间，把我的每一根神经扯断。又是那个小圆球咔嗒作响、滚来滚去，两百多人屏息静气的时刻，直到主持人的声音响起——'〇区'，说罢，他就用耙竿忙不迭地把赌池里所有叮当作响的钱币和沙沙作响的票子都扒拢在一起。这时，那个男人的双手做了一个特别吓人的动作，突然往空中伸去，像是要抓住什么不存在的东西，然后重重地跌落在桌面上，死了。然而不一会儿，那双手又活了过来，从桌上回到自己主人的身上，狂热地，像野猫一样沿着身体躯干摸索，上下左右，一遇到口袋就迫不及待地钻进去，看看还有没有藏着什么以前忘在那里的钱币。然而每次摸索都空手而归，每次落空之后都会更狂热地开始新一轮的然而是徒劳的摸索，这当儿轮盘又转动了起来，新的赌局已经开始，银币叮当响，椅子凑近前来，赌场里充斥着千百种窸窣低回的声音。

"我颤抖不已，被恐惧所震慑：这一切的一切，我都能切身感受到，就好像那些在凌乱不堪的衣服口袋和皱褶里摸索金币的手指是我自己的。突然，坐在我对面的这个男人猛地站了起来，就好像某个身体不适、要站起来透透气的人一样；椅子砰的一声朝后倒在地上。他对这一切视若无睹，也不理会那些满脸惊愕地为他让路的人，拖着笨重的脚步颤颤巍巍地离开了赌桌。

"我看着这一幕，身体像是石化了，丝毫不能动弹。因为我马上就明白了，这个男人要去哪儿：去死。这样猛然站起来的人，不会回旅馆去，不会去喝酒，不会去找女人，不会去坐火车，不会去过任何一种生活，而是直接坠入无底深渊。哪怕这个可怕的赌厅里最冷漠无情的人也能猜到，这个男人无依无靠，既没有家人或者亲戚的资助，也没有银行存款，他失去的是他身上的最后一点钱，是他用性命孤注一掷的钱。而现在，他踉踉跄跄地要去另一个地方，无论去哪里，这个地方都不会在人世间。我一直暗暗害怕这一刻的到来，从一开始就有种神奇的预感，对他而言，这场赌博涉及的不是输赢，而是一种超越输赢的东西。此刻我的预感就像黑色闪电一样劈头盖脸地朝我袭来，我亲眼看到他眼里活人的气息如何消逝，死神如何使这张方才还充满活力的脸黯淡无光。刚才，他那鲜活的神情与手势贯穿了我，我不得不用痉挛的双手抵着桌子；而此刻，他突然站起身来，踉踉跄跄地离开了赌桌，这神态再次占据了我的全身，正如之前他那血脉偾张的样子。这次，他是把我给拉了过去，我除了跟着他，没有别的选择，不管愿不愿意，我的双脚已经动了起来。这一切都发生得无知无觉，我跟着他走并不是出于自己的意愿，而只是就这样发生了，我感觉不到自己，注意不到他人，跟着那个男人，穿过走廊走出了赌厅。

"他站在衣帽间，侍者给他递来大衣。不过他的手臂已经不听使唤了，热心的侍者只好费力地帮他把衣服穿上，仿佛他已经残废。我见到，他机械地把手伸进西装马甲的口袋里，想找出一点给侍者的小费，却两手空空，什么也没找着。这时他才好像记起了一切，尴尬地对侍者支吾了一句什么话，然后就和之前一样，猛地朝前走去，像醉汉一样踉踉跄跄地走下了赌场的楼梯，那个侍者起先满眼蔑视，后又带着理解的微笑目送了他一会儿。

"他走路的样子是那么使人震动，我为自己直勾勾地看着而感到羞耻。我不由自主地把脸转过去，心里感到难为情，仿佛在剧院的聚光灯下看别人上演了一场绝望大戏——可那不明不白的恐惧依旧驱使着我。我飞快地在衣帽间穿好衣服，脑海一片空白，机械地、纯粹出于本能，匆匆地跟在那个陌生人后面，走进了夜色。"

C 夫人讲到这里，停了一会儿。她一动不动地坐在我对面，用自己特有的冷静和客观讲述着这一切，几乎没有喘一口气，只有那些已经在内心掂量了很久、把事情的来龙去脉理了又理的人才能如此侃侃而谈。现在，她第一次停了下来，犹豫良久，然后突然把自己的故事撇到一旁，转而问我：

"我之前答应过您，也承诺过我自己，"她开始紧张不安起来，"要把事情的所有细节如实相告。可是您也必须完全信任我的真诚，不要猜测在我的行为背后有什么不可告人的动机。您可能会想，今时今日，我提起这些动机已经不带羞耻了，可是事实真的不是如您猜测的那样。我要强调的是，当时，我在大街上跟在这个已经崩溃的年轻男子身后，并不是因为我爱上了他——我几乎没有意识到他是个男人，其实，在我先生过世之后，我这个年逾四十的寡妇再也没看过其他男人一眼。这种事，对我来说已经彻底完结了，这一点我必须要跟您强调，否则您就无法理解接下来发生的事对我来说有多么可怕。当然，要找到一个能描述这种感情的词也很难，到底是什么心态使得我当时不可抗拒地跟着这个不幸的人呢？可能是好奇，不过更像是一种可怕的恐惧，或者说得准确一点，是对某种将要发生的可怕的事情的恐惧，从我看见他的第一眼起，这种不祥的预感就如同云雾一样笼罩着这个年轻人。不过我完全无法分析或者解剖这种情感，因为它来得太快、太突然、太猛烈、太混乱——我当时所做的事很可能只是出于要拯救别人的本能，正如要把一个冲到马路上向车辆跑去的小孩子拉回来一样。或许我可以另举一个例子来解释。有些人，虽然自己不会游泳，可是在见到溺水者的时候依然会不顾一切地从桥上跳下。这是一种瞬间把人吸附住的魔力，就在他们有时间去下决心做出这样的无谓壮举之前，一种意志力就已经把他们推了下去；我当时正是如此，无法考虑，无法三思，只是顺从自己的意志，跟着那个不幸的人，从赌厅里走到大门旁，然后走到了台阶上。

　　"我很确定，无论是您，还是随便一个头脑清醒地切身感受这一切的人，都无法抗拒这样一种可怕的好奇心，因为，那个顶多二十四岁的年轻人，面容苍老，醉醺醺的，全身散架一样拖着脚步从台阶上缓缓蹭到大街上，还有什么比这一幕更可怕的吗？他一屁股坐在一张长椅上,就像个沉重的沙袋一样。我再一次充满恐惧地感觉到:这个人,完了。只有一个死人,或者一个全身肌肉坏死的人,才会这样倒下去。头颅耷拉着,靠在长椅的靠背上,双臂无力地垂落,在黯淡的路灯光下每个路人都会以为这里坐着一个刚刚被枪杀的人。就这样——我无法解释,为什么这个幻想会突然在心里觉醒,不过它是如此真实可感,让人战栗——没错,就像个举枪自杀的人,我仿佛看到,确凿无疑地看到,他的口袋里有一把手枪,明天破晓的时候,人们会在这张或者另一张长椅上发现一具鲜血淋漓的尸体。他就像一颗坠落悬崖的石子,不抵谷底绝不会停,我从未见过人的身体能呈现出如此巨大的疲惫与绝望。

"现在,请您设身处地地想一想:我离这个一动不动、全然崩溃地坐在椅子上的男人只有二三十步远。我一心想着要救他,却不知道怎么下手,另外我也有种因袭成习的羞怯,不敢跟一个大街上的陌生男人搭话。煤气灯在乌云密布的天空下闪烁不定,偶尔才会有一个人影匆匆走过,此刻已近午夜,我孤身一人,在公园里陪着那个企图自杀的人。有五次、十次,我振作起来朝他走去,可是羞耻感总在最后一刻把我拉回去,或许这退却是出自本能,因为据闻堕落者会把那些过来救他的人一起拖进深渊——在犹豫之间我自己也清楚意识到现在这处境是多么可笑，多么无谓。然而我偏偏既不能搭话又不能退却，既不能为他做点什么又无法离他而去。我没对您夸大其词，当时我的确犹豫不决地在公园草地上来来回回走了将近一个小时，仿佛没有尽头的一个小时，看不见的大海那千百层微波细浪正一点一点消磨着时间；这个因绝望而粉身碎骨的男人，他的形象对我来说是如此震撼，要转身离去根本不可能。

"尽管如此，我还是无法鼓起勇气来对他说一个词，更无法帮助他，这后半夜我很可能就像现在这样站着消磨过去了，又或者我在最后一刻被自己那明智的自私所说服，转身回家。没错，我当时几乎已经下了决心，我，回家，他，继续留在那儿，可悲地昏迷下去——然而就在此时上天帮我做了决定。开始下雨了。一整个晚上，海风都在把沉重的、积满水汽的春季雨云聚拢在一起，用肺，或者用心就能感觉到黑压压的天空中风雨欲来——开始只是一滴雨水，突然就在海风的驱使下化成瓢泼大雨。我下意识地躲到一个书报亭的屋檐下，虽然已经撑开了伞，但裙子还是被狂风暴雨打得湿透。大雨噼噼啪啪落在地上，我的脸和双手能感觉到溅起的冰冷的泥水。

"就在此时，我看到——这是多么可怕的一幕，哪怕二十多年后的今天回想起来，我的喉咙也不禁哽咽——在瓢泼大雨之中，那个不幸的人依然一动不动地坐在长椅上。雨水从屋檐上哗哗地流下来，城市那边传来马车的隆隆声，路人把大衣撑开举在头上，左冲右突地四处躲雨；凡是有生命的东西，此刻都怯生生地躲避着，逃跑着，寻求庇护，无论是人还是动物，四处都能感受到他们对瓢泼飞溅的雨水的恐惧——只有这个人，这蜷缩在长椅上的漆黑的一团，无动于衷。我先前跟您讲过，这个男人天赋异禀，能够通过最微小的动作传达最鲜活的感情；可是，在这个世界上，再也没有什么比他一动不动的样子更能传达出这样彻底的自暴自弃，这活死人般的绝望，这令人震惊的无动于衷。这团大雨如注中没有感觉、不再动弹的黑影，连站起身来避雨的力气都没有，它对自己的存在已经彻底漠然。没有任何一位雕塑家或者诗人，米开朗琪罗也好，但丁也好，能在我面前把人间惨状描述得如此栩栩如生，只有这个人，这个任由自己被雨水冲刷、疲于寻求庇护的人，能做到。

"这使我最终下定了决心，我别无选择。我一下子冲进大雨之中，来到那个浑身湿透的人面前，拼命地摇晃着他：'您快起来！'我架住了他的双臂。我隐约感到他疲惫地抬头看着我，身体挣扎着缓慢地动了起来，不过他并不明白眼前的一切。'您到这边来！'我再次扯了扯他湿透了的袖子，几乎有点发火。这时他终于慢慢站了起来，摇摇晃晃，失魂落魄。'您想干什么？'他问道。

我对这个问题居然答不上来，因为我也不知道自己要干什么：我只知道要帮他摆脱这冰冷的无动于衷，让他不要毫无意义地、自杀一样地静坐在那里。我没有松手，一直拉着他的手臂，直到他毫无知觉地跟我来到一个售货亭的边上，在那里，狭窄的屋檐起码能帮他遮挡一下狂风大雨。我完全不知道接下来该怎么办。除了把这个人拉到一片没有风雨的屋檐下，我当时别无他求。

"我们就这样站在那一小片没有被雨水淋湿的地方，身后是售货亭紧闭的橱窗，前方是一道狭窄的屋檐，阴险的、永不餍足的雨水随着突然掀起的狂风不停地打湿我们的衣服，冰冷地抽打我们的脸。此情此景实在让人无法忍受。我不该一直待在这个淋得精湿的陌生人旁边，可是我毕竟把他拉到了这个地方，总不能一言不发就离他而去吧。要有所行动才行，我一步一步地强迫自己保持清醒的头脑。最好是叫一辆车子把他载回家，然后我也回自己的家，明天醒来他会知道怎么自救的。于是，我问了那个纹丝不动地站在我身边、正抬头看着夜空的男人一句：'您住哪儿？'

"'我……哪儿也不住……我傍晚的时候才从尼斯过来的……你不能去我家。'

"一开始我没有听懂最后那句话是什么意思。后来我才明白，这个人把我当成了……妓女。他以为我是那种女人，夜里在赌场荡来荡去，希望能从赌赢的人或者醉汉那里骗到钱。不过也难怪，除了把我当作妓女，他又能把我当成别的什么呢？此时我才发觉自己处境的荒唐——随便接近一个陌生男人，把他从长椅上拉起来，拖到一旁避雨，正经女人绝不会做出这样的事。但我当时并没有想那么多，只是在后来我才惊觉这个男人对我的可怕的误解。我当时甚至没说出什么话来澄清。我只是说了一句：'那您就该住到旅馆里去。这儿不宜久留。您得找个地方过夜。'

"可我马上就察觉到了他对我那令人难堪的误解，因为他说话的时候甚至没有转过头来看我一眼，只是嘲讽地表示拒绝：'不用了，我不需要什么旅馆，我什么也不需要。省省吧。你找错人了，我没有钱。'

"他这话说得实在可怕，冷漠得令人震惊；还有他那筋疲力尽、浑身湿透地斜倚在墙上的样子，深深地触动了我，我根本没有时间因为他的侮辱而难过。从他踉踉跄跄地走出赌场的那一刻起我就知道，在这不真实的一个小时里我一直知道，这个年轻的、生机勃勃的、会呼吸的人，正打算结束自己的生命。我必须救他。我朝前走了一步。

"'您不要担心钱的事儿，跟我来吧！您不能待在这里，我会给您找个地方住。您什么也不用担心，来吧！'

"四周大雨如注，泥水哗啦地飞溅到我们的脚上，这时我感到，他把头转了过来，在黑暗中第一次费力地想看清我的脸。他的身体仿佛也渐渐摆脱了麻木。

"'那好，随你的便，'他最终同意了，'反正我都无所谓……何乐而不为呢？我们走吧。'我撑开伞，他走近来，挽住我的手臂。这突如其来的亲密举动使我不适，没错，简直让我惊愕，我灵魂的最深处都在惊颤。不过我不敢拒绝，因为如果我把他推开的话，他就会坠入深渊，那我先前的努力就全白费了。我们朝赌场的方向往回走了一段。现在我才意识到，我根本不知道拿他怎么办。最好是，我飞快地思考着，把他送到一家旅馆，给他点钱，叮嘱他睡个好觉，明天一早启程回家，此外别无他法。赌场门口车水马龙，我叫住一辆出租马车，我们上了车。车夫问我要去哪里，我一开始回答不上来。可是我突然想到，坐在我身边的这个浑身湿透、蓬头垢面的人，是不会有上等的饭店愿意接收的。另一方面，作为在这方面毫无经验的女人，我完全没想过自己的话可能会引起猜疑，于是匆匆对车夫叫道：'去一间普通的旅馆吧！'

"全身湿透、表情漠然的车夫驱马上路了。我身旁的陌生男人不发一语，马车轮子轱辘作响，雨水猛烈地抽打在车窗玻璃上；在这黯淡无光、棺材一样的车厢里坐着，我突然感觉自己是在和一具尸首同行。我试着找点话说，打破我们之间怪异又压抑的沉默，可是脑海一片空白。几分钟后马车停了，我先下车，付了车费，车夫几乎是醉醺醺地帮我们摇了摇门铃。现在我们就站在一家陌生的小旅馆门前，上方是一道拱形的玻璃屋檐，挡住了一点飞泼而下的雨水，浓浓夜色仿佛被雨水那可怕单调的响声撕成了缕缕流苏。

"我身边的陌生人好像承受不住自身的重量，不由自主地靠在旅馆的外墙上，湿透的礼帽和皱巴巴的衣服一直在滴水。他就像一个被人从河里救上来、尚未恢复意识的溺水者，靠在墙上的地方湿了一片，往下流的水快要汇成一条小溪。不过他完全不试着去抖干身子，也不去理会那顶完全湿透的帽子，任凭雨水顺着额头和脸颊流下。他完全无动于衷地站在那里，我无法向您描述我看到这一幕心里受到了多大的震动。

"不过，到此为止了。我从口袋里掏出钱来，'您收下这五百法郎吧，'我说，'用来住一晚上，明天一早启程回尼斯。'

"他吃惊地抬头看着我。

"'我在赌厅里见到您，'见到他犹豫不定的样子，我匆忙说道，'我知道，您把钱都输光了，我怕您会做傻事。接受别人的帮助没有什么不好意思的……来吧，把钱拿去！'

"然而，他却把我拿着钱的手推了回去，力气大得超乎我的想象。'你是个好人，'他说，'不过不要浪费钱了。我这种人不值得可怜。我今晚还睡不睡，根本无所谓。反正明天什么都完了。我不值得你同情。'

　　"'不，您一定得收下，'我坚持道，'明天您会回心转意的。您现在要做的就是上楼去，好好睡一觉，把一切忘掉。白天的时候您会发现一切如此不同。'

　　"然而他还是猛地把钱推了回去。'算了吧，'他又一次闷声闷气地说，'没用的。我最好还是到外面去结果自己，免得旅馆的人明天还要来清理房间里的血迹。五百法郎根本帮不了我，哪怕一千法郎也不可能。你给我的钱我明天一定又会去赌个精光。为什么还要重复一遍这样的事呢？我受够了。'

　　"您根本无法想象，他那万念俱灰的样子是如何穿透了我的灵魂；您设想一下：离您不到一步远的地方站着一个漂亮、有活力、还在呼吸的年轻人，而您知道，如果不竭尽全力去救他，这个会说话、会思考的午轻的生命，两小时后就会变成一具冰冷的尸体。当时我几乎是愤怒地对抗他那毫无意义的垂死挣扎。我一把抓住他的双臂：'请不要再胡思乱想了！您现在上楼去，好好睡一觉，我明天一早过来，把您送上回家的火车。您必须马上离开这个地方，马上回家，如果我不见到您拿着车票坐上火车，我是不会罢休的。您还年轻，不能因为输了几百或者几千法郎就毁掉您那无价的生命。只有懦夫才会做这种事，这完全是意气用事，任性妄为。明天一早您醒来的时候也会同意我的看法！'

"'明天？！'他用一种特别阴沉又讽刺的语气重复了一遍这个词，'明天？！你又怎么会知道我明天人在哪里？我也很好奇呢，要是我能知道自己明天在哪里就好了。不用了，回家吧，小姑娘，别白费气力了，把你的钱留给自己吧。'

"可我没有屈服。我感到自己已经在暴怒或疯狂的边缘。我猛地抓住他的一只手，把钞票塞到里面去。'把钱拿走，上楼睡觉！'说罢我就坚定地拉响了旅馆的门铃，'好了，我现在已经拉了门铃，门房很快就会来，您会跟他上楼，躺下好好休息。明天早上九点我在旅馆前面等您，把您送上火车。其余的事您不用操心，我自有安排，为的是您能安全地回到家。您现在得去睡了，请好好休息，不要再胡思乱想！'

"这时，我听到钥匙在门里转动的声音。门房来了。

"'你过来！'他突然怒吼道，用他的手指把我的手腕死死钳住。我大吃一惊……我惊得浑身麻木，仿佛遭了雷劈，几乎失去意识……我想反抗，想挣脱开……不过我的意志已经瘫痪……我……您明白，我……门房已经在那里不耐烦地等着，我为自己和一个陌生男人拉拉扯扯感到羞耻。然后……然后我突然就站在了旅馆里；我想说话，想出声，可是我的喉咙好像被勒住了一样……他用蛮力拉着我的手臂，几乎像是命令……我模模糊糊地感觉到那只手把我拉上了楼梯……钥匙咔嗒转动……突然，我发现自己和这个陌生男人待在一个旅馆房间里，那家旅馆的名字我直到今天也不知道。"

C夫人再次停了下来，突然站起身。她说话的声音好像已经不能自控。她走到窗边，出神地看着外面几分钟，然后把额头贴在冰冷的玻璃上。我当时没有勇气仔细打量她的神态，因为，观察一位老妇人激动失神的样子，是多么使人难堪。于是我只好一动不动地坐着，不提问题，也不发评论，只是等着她，等她迈着冷静的步伐回到我对面的位置上。

"好了，最难说的部分已经说出来了。我再次向您保证，我，以我心中最神圣的东西——也就是在我孩子面前的自尊——发誓，直到和他关在旅馆房间里的那一刻，我都没有过和这个陌生男子……在一起的想法。我当时的确是不明就里地、没有意识地从日常的命运里坠落到这个境地，我希望您相信我说的话。我向您发过誓，要对您，也对我自己全然真诚，所以我要再说一遍，除了那出自本能地要拯救他的意愿，我真的是不知不觉、绝对不带个人情感地卷入了这场可悲的冒险之中。

"当晚在旅馆房间里发生了什么事，在您面前我就不再赘言；那天晚上和他度过的每一秒我都没有忘记，也不想忘记。因为那天晚上我是在拯救一个人的生命，我重复一次：这是一场生死攸关的搏斗。我的每一根神经都清楚无误地感觉到，这个陌生人，这个半死不活的男子是如何竭尽一个濒死之人的所有欲念与激情来抓住最后一根救命稻草的。他紧紧地抱着我，仿佛感到身下就是万丈深渊。我则倾尽所有，只为了救他。这样的时刻一个人一生可能只会经历一次，而一百万个人当中可能只会有一个人有机会经历——如果没有这个可怕的偶然，我可能永远也不会知道，一个丧失所有的人会多么炽热地、绝望地用狂野的欲望来吮吸每一滴鲜红的生命，已经远离尘世二十年的我永远也不会知道，人的天性里，炙热与严寒，迷狂与绝望，生与死是如何在瞬息之间交织在一起。这一夜充满了搏斗与呓语、激情与恼恨、誓言和迷醉的泪水，似乎可以长存下去，直至千年，而我们两个人，交缠着向无底深渊俯冲而下，一个人充满了死亡的暴怒，另一个则始终不知不觉。从这一夜的致命漩涡中逃离之后，我们已经不是先前的那两个人了，我们已经脱胎换骨，获得了新的知觉与感情。

"不过，我不想对您细说这一夜发生的事。我不能，也不愿意细说。我只能跟您描述一下第二天早上我醒来时，那情感决堤的一瞬间。我从沉重如铅的睡眠中醒来，从那个我从未见识过的夜的深谷中逃出来。我花了很长时间才把眼睛睁开，见到的第一样东西是一块陌生的天花板，然后是一个全然陌生的、丑陋的房间，我已经不记得是怎么进来的了。一开始我还安慰自己，是梦，是在做梦，是一个比现实还要明晰的梦而已，我正从它那里挣脱开来，告别迷乱不堪的沉睡——然而，窗外那刺眼的、毫无疑问是来自现实世界的阳光，早晨的阳光，还有下面传来的车水马龙、人来人往的声音让我知道我已经醒了。我下意识地从床上坐起来，努力回想昨晚发生的事，这时……我看了看旁边……我见到——这种惊恐我永远无法向您描述——在大床上，一个陌生男人正睡在我的身旁……陌生的、半裸的，我不认识的男人……

"不，这种惊恐，我知道，我永远也不可能把它描述出来，它重重地砸在我的身上，我马上散了架似的瘫倒在床上。不过我并没有晕厥，并没有失去意识，恰恰相反，我以无法解释的、闪电般的速度明白了眼前发生的一切，明白了自己为什么会和一个陌生人睡在一家下三烂旅馆里一张陌生的床上。我当时心里只有一个愿望，就是能在这巨人的耻辱面前死去。我还清楚地记得，我的心停跳了，我屏住呼吸，仿佛能够用这种方式结束自己的生命，抹杀自己的全部意识，这清晰得刺痛的意识，明白了一切，却理解不了丝毫。

"我不知道我当时就这样手脚冰冷地躺了多久，仿佛死人躺在棺材里。我只知道，我闭上了眼睛，向主祷告，向上天祷告，这不是真的，这千万不要是真的。可是我愈加清醒的意识却时不时打断我的自我欺骗，我听见隔壁房间有人在说话，在洗漱，在走廊上走动，每个迹象都在无情印证着我那可怕的清醒。

"我无法说清这种可怕的状态持续了多久，度过的每分每秒都处在另一个时间维度里，不能用生命的尺度来衡量。突然，另一种恐惧，一种更可怖、更凶猛的恐惧攫住了我：躺在我身边的这个不知道姓甚名谁的陌生人，现在可能会醒过来，和我说话。我马上就意识到只有一条出路，在他醒来之前，穿好衣服，逃跑。不要再被他看到，不要再和他说话。趁现在还来得及，马上自救，快走，走！走！走！回到自己的人生里，回到自己住的饭店，坐下一班火车离开这个该死的地方，离开这个国家，再也不要看见他，再也不要遇到他，证人也好，原告也好，知情人也好，一笔勾销。

"逃跑的想法令我头晕目眩，我就像个小偷，蹑手蹑脚、小心翼翼地从床上爬下来（为了不惊醒他），拿起衣服。我大气不敢出地穿着衣服，每一秒都因为他可能会醒来而吓得发抖，不过马上就好了，我已经穿戴整齐，只差帽子。帽子落在另一侧的床脚，我踮着脚走到那儿，把它拎起来——就在这一瞬间，我实在控制不住自己：我看了一眼这个陌生男人的脸，这个像墙壁上的石子一样落进我生命里的男人。我只想看他一眼，然而……不可思议的是，这个正在酣睡的、陌生的年轻男子，他——此刻在我眼里真的就是个陌生人。第一眼我几乎没认出是他，他昨天那张被激情驱使着的、因濒死的暴怒而扭曲了的脸，全然消失了——我见到的是一张稚气的、像小男孩一样散发着纯净和喜乐之光的脸蛋。昨天还狰狞地咬在一起的牙齿，此刻在梦中温柔地松开，唇间带着笑意；柔软的金发在光滑的额头上垂落，休憩着的胸脯正随着平静的呼吸而微微起伏。

"您可能还记得，我先前说过，我在众多赌徒之间从未见过一个人，能散发出如此强烈的、罪犯般的贪婪与激情。现在我也要对您说，我从未见过——哪怕在那些像天使一样散发着微光的孩子们的脸上也未曾见过——这样一种纯粹、明亮、神圣的睡眠。在这张脸上，所有感情鲜活地凝聚为一，摆脱了所有内心的重负，被拯救了，解脱了，仿若身处天国。我震惊地打量着眼前的这个人，恐惧和惊悚就像一件沉沉的黑衣一样从身上落下——我不再感到羞耻了，不，我几乎感到快乐。那可怕的、无法理解的一夜在我心里突然获得了意义，我很高兴，也很骄傲地想到，这个温柔又秀美的年轻人，这个像花朵一样静静沉睡的年轻人，要是没有我的牺牲，此刻可能已经倒地身死，鲜血淋漓，面容残破，双眼圆睁地躺在悬崖边上：我救了他，他得救了。我现在几乎是——我找不到其他说法——带着慈母的目光看着这个沉睡的人，这个被我救回来的人，他比我的亲生孩子更让我心疼。在这间随便找的、让人作呕的下三烂旅馆里，我喜悦无比，哪怕举目可见的只是陈旧油腻的破房间，我也像是身处教堂，见证了奇迹与祝圣。我一生中最煎熬的时刻，怀着剧痛孕育了另一个充满惊奇与迷醉的时刻。

"我是不是动作太大了，抑或我不经意地说了点什么，我不知道。不过，突然，那个沉睡的男人睁开了眼睛。我吓了一跳，往后退缩了几步。他满脸震惊地朝四周看看——正如我当初从梦境的可怖深渊和迷乱中挣扎着醒过来那样。他的目光费力地扫视着这个陌生的房间，然后惊愕地落到我身上。不过，在他说话或者记起一切之前，我就已经做好了准备：不要让他开口说话，不要让他提任何问题，不要和他有亲密接触，不要再提起任何事，不要解释，不要让他想起昨晚。

"'我得走了，'我飞快地对他说道，'您留在这儿，

穿好衣服。十二点，我在赌场门口等您，我会帮您打点好接下来的事。'

"就在他能开口说话之前，我仓皇而逃，只为了不再看到那个房间。我头也不回地飞奔出去，离开那家旅馆，直到今天我也不知道它叫什么，也不知道那个和我共度了一夜的陌生男子的姓名。"

C夫人中断了她的讲述。虽然只是喘一口气的时间，可是她此前声音里的紧张与煎熬已经消失无踪，就像一辆车子艰难地翻过山头，之后便轻松地沿着下坡路飞奔，她此刻的讲述也如释重负，如行云流水：

"就这样，我沿着洒满晨光的街道飞奔回饭店，此时已雨过天晴，天空的云霾一扫而光，折磨我的心头大石也已落下。因为，如果您没有忘记我先前对您说的话，我其实在我先生过世之后就彻底自暴自弃。我的孩子们不需要我，我也不需要我自己，人生就像是个错误，没有目标，没有方向。而现在，毫无预料地我就获得了一个新使命：我救了一个人，用尽全力把他从毁灭的边缘拉了回来。还差最后一步，我就能完成这个使命。我跑回了饭店。门房吃惊地看着我，因为我早上九点才回来——不过我感觉不到丝毫的羞耻与愤怒，相反，我的心豁然开朗，我又找回了生存的意志，世界上还有人需要我，这种全新的感觉溢满了我的每一根血管，温暖着我的身体。回到房间以后，我飞快地换了衣服，不经意地（我后来才发现的）就把自己那身丧服脱下了，换了一身鲜亮的衣服，去银行取钱，赶去火车站询问了接下来去尼斯的车次；凭着一种我自己都觉得惊讶的果敢，我完成了一件又一件差事。到最后，我再也无事可做，除了把那位被命运抛弃的年轻人送上车，完成他最终的救赎。

"当然，要和他四目相对，还是一件艰难的事。毕竟昨天发生的事都不明不白，一切就像在漩涡里打转，我和他仿佛急流里的两颗石子，极其偶然地碰撞到彼此；我们当时甚至没正眼看过对方，我不知道那个陌生人还能不能认出我。昨天的事只是机缘巧合，是两个人在迷狂之际不可抗拒地走到了一起，今天则完全不一样，我要在他面前袒露我自己，因为现在我要在光天化日之下，作为一个有血有肉的人，面对面地朝他走去。

"不过事情比我想象的要简单得多。我刚在约定的时间走到赌场大门附近，有个年轻人就从一张长椅上跃起身朝同一个方向奔来。他认出我时那惊喜的神情，是如此天然、稚气，不带杂质，充满欢欣，正如他的每个动作，比话语更能传达感情：他向我奔来，眼睛里闪烁着感激与敬重的光芒，不过当它们一遇上我的双眼，就略带疑惑又谦逊地低垂下来。人们真的很少能在别人身上见到这样的感激之情，恰恰是那些心里感恩的人会不知道怎么表达才好，他们只是迷惘地沉默着，害羞地躲闪着，结结巴巴地掩藏着。不过，这个人，仿佛一尊神秘的雕塑，上帝慷慨地赐予了他鲜活又优美地表达全部感情的能力，以至于此刻的感激之情就像激情一样从他身体内部喷涌而出。

"他牵起我的一只手，微微弯下腰，谦恭地垂下他那线条颀长的、男孩子般的头，充满敬意、轻柔又绵长地亲吻了我的手指，然后他后退一步，问我身体如何，令人感动地注视着我的双眼。他说话是那么得体，不一会儿我心里最后的恐惧也消失无踪了。仿佛要和此刻我们的豁然开朗的感情应和，四周的景色也充满了曼妙迷人的光彩：昨天还奔腾怒吼的大海，今日风平浪静、水光潋滟，细浪底下的每颗卵石都闪闪发光。就连那个罪恶的炼狱，那座赌场，现在也用摩尔人[1]的神情抬头观望着绸缎般放晴的碧空。我们昨天避雨的那个小售货亭，已经摇身一变成了一家花店，货架上摆着琳琅满目、五彩缤纷的花束，后面站着一个穿着七彩绸衫的卖花少女。

"我邀请他到一家小饭馆吃午餐，这位陌生的年轻

---

1 摩尔人：亦称"西撒哈拉阿拉伯人"。生活在撒哈拉沙漠西部地区的柏柏尔人后裔。

人在那里向我讲述了自己悲惨的冒险。他的故事证实了我的预感，自从在绿色赌桌上见到他那双神经质地颤抖不已的手的那一刻起，我对他的猜想就从未出错。他来自一个奥属波兰贵族世家，家人要求他日后成为外交官。他在维也纳上的大学，一个月前刚以优异成绩通过国家考试。他一直寄宿在舅舅家，这位时任国家参谋部高官的舅舅为了庆祝外甥考试成功，邀请他乘马车到普拉特公园，两人一起去赌马。舅舅赌运绝佳，连赢三盘，他们用赢来的大捆钞票去一家高档餐厅吃了一顿山珍海味。第二天，这位未来的外交官又从父亲手里拿到一笔钱，作为通过考试的奖励，这笔钱抵得上他平时一整个月的生活费；两天前，这在他看来还是一笔巨款，可是尝到赢钱的甜头之后，他对钱越发无所谓了。于是他吃饱喝足之后又去赌马，疯子一样下注，最后——很难说这是幸运还是不幸——赢到三倍的钱，离开了普拉特公园。

"赌博的快感让他欲罢不能，不仅赌马，在俱乐部和咖啡馆里也赌，最终学业荒废，光阴虚掷，神经错乱，身无分文。他失去了思考能力，夜不能寐，无法自控；有一次，他在把所有钱输光之后从俱乐部回到家里，脱衣服的时候发现马甲背心里塞着一张皱巴巴的票子。他控制不住自己，又穿上衣服跑到外头四处乱转，终于找到一家咖啡馆里有人在玩多米诺，于是和他们一起赌到天亮。他到处借高利贷，那些人一听说他是某贵族的继承人便马上把钱借给他，结果他负债累累，最后还是靠已经成家的姐姐帮忙结清债务的。有时他会沉溺在赢钱的快慰之中——之后就急转直下，他输得越多，那些借钱给他、与他有债权关系或者他承诺定期还钱的人就越是贪婪地要从他身上榨出更多油水。他老早就把手表和衣服都当了，最后，可怕的事情终于发生了：他从柜子里偷走了年迈的姑妈很少戴的一对珍珠耳钉。其中一只他拿去当了不少钱，当晚赌运来了，赢了四倍。可是，他并没有用赢来的钱把耳钉赎回去，而是继续赌，结果输了个精光。在他动身来蒙特卡洛之前，偷耳钉的事还没有败露，于是他把另一只耳钉也当了，拿着钱，突发奇想地来到这个地方，梦想着一赌翻身。他把行李箱、衣服、雨伞全都卖掉了，已经一无所有，除了一把四发左轮手枪和他的教母、X女侯爵送给他的一个镶着宝石的十字架——他无论如何也不愿意舍弃的至宝。可是昨天下午，他把这个十字架也卖掉了，换了五十法郎，只为了在晚上享受轮盘赌那极致的快感，最后一次赌上自己的生死。

"他带着天性里迷人的优雅讲述着这一切。我震惊地、大气不敢出地聆听着，可是丝毫没有因为眼前这人是个小偷而愤怒。我平日是个道德完美的女人，身边的人都对我严格礼让、极其恭敬，要是有个人向我暗示，我某日会和这样一个比我儿子大不了多少的陌生男人，这样一个偷珍珠耳钉的野男人亲密地坐在一起，我肯定会认为这人精神失常。可是，听着他本人的讲述，我一秒钟也没有感到惊愕或者恐惧，因为他讲得那么自然、充满激情，仿佛在讲述一场高烧，一次大病，而不是什么骇人听闻的事儿。而且，要是谁和我一样，在昨晚经历了这样的狂风暴雨，他就会觉得'不可能'这个词早就失去了意义。我在昨天那十小时里经历的一切，比我养尊处优地度过的这四十年更真实。

"他的讲述让我震惊的不是其内容，而是讲到赌瘾时眼里烈焰似的火光，一瞬间，他脸上的所有神经就如触电般抽搐起来。哪怕是复述往事也让他激动不已，他的脸活灵活现地刻画着每一丝欲望、每一次折磨，清晰得令人恐惧。他的双手，那双神奇、颀长、紧张不已的手，顿时像在赌桌那会儿一样，不由自主地变成追捕猎物、四处奔逃的食肉猛兽：在他讲述的时候，我看到它们突然从手腕处开始颤抖，夸张地蜷曲起来，捏成一个拳头，然后又迅速地松开，再重新交扣在一起。讲到偷耳钉那一幕时，它们突然闪电般一跃而起（我不禁寒毛直竖），演绎了那小偷般的、飞快的一抓。我几乎看到了，它们当时是怎样疯狂地跳起来，把耳钉吞进手心的血盆大口里。带着一种莫名的恐惧，我意识到，眼前这个人，每一根血管里都流着自己激情的毒。

"这个天真无邪、无忧无虑的年轻男子，可悲地服从于体内那令人错愕的激情，这是他叙述里唯一让我感到震惊与恐惧的地方。于是，我意识到当务之急是帮这个我意外遇到的、需要我守护的人逃离蒙特卡洛，逃离这个充满诱惑的罪恶渊薮，他今天就得回到他父母的身边，趁他偷东西的罪行尚未败露，他的未来尚未毁于一旦。我答应他帮他出回家的路费，还会把那件首饰赎回来，前提当然是他今天就得离开，而且要以自己的名誉起誓，再也不踏进赌场一步。

"我永远也不会忘记，这个失落的陌生人是如何带着先是谦恭，然后豁然开朗的感恩之情听我说话的，我永远也不会忘记，在我说要帮他的时候，他是如何啜饮我的一字一句；突然，他把双手从桌上伸过来，握住我的手，带着一种我永生难忘的崇敬与神圣的颂扬。他迷惘的双眼闪烁着泪花，身体因极度的幸福而颤抖。我总是尝试向您描述这双手那鲜活的、独一无二的语言，可是眼前这一刻，它们所传达的狂喜和超凡绝尘的欢乐，是我永远无法描述的，这种快乐在人类的面孔上几乎看不到，它就像一道白色的影子，当你从梦中醒来，在你眼前飘忽，仿佛天使在消失之际留下的踪迹。

"为什么要对您隐瞒呢？我当时完全无法承受这一目

光。感激之情让人快乐，温柔的心令人欣慰，因为它们不常如此可触可感。我平日是一个循规蹈矩、生性淡漠的人，他身上那满溢的感情让我在幸福中重获新生。还有，不仅仅是这个被命运蹂躏的人，周围的景色，也在雨后魔法般地焕然一新。我们从饭馆出来的时候，平静无波的大海晶光闪烁，碧空如洗，水天一色，天际唯见海鸥划出的白色线条。您也知道里维埃拉的景色如何。它的确很美，可是美得就像明信片上的景色一样刻板，过于闲适的笔触，过于鲜艳的色彩，一种死气沉沉的美，烦冗的东方情调，永不疲倦地供每一个游客驻足观看。然而，极少数时候，会有这样的日子，这种美会突然站起身，向你压来，用它那活泼鲜亮、妙不可言的缤纷色彩向你进攻，用似锦繁花把你征服，处处都在绽放，处处都在燃烧，一场感官的盛宴。当时，云销雨霁后，我们就迎来了这样的兴高采烈的一天，街道洁净如洗，天空碧蓝无际，到处是火炬一样燃烧的七彩树丛，神清气爽，树叶青翠欲滴。暑热消散，空气清新，阳光明朗，群山好像朝我们走近了，比平时更清晰、更明亮，它们满心好奇，成群结队地朝光洁锃亮的小城走来，每一眼都能让人感受到大自然如何张开怀抱、欢欣鼓舞，不经意地夺取每一个行人的心。'我们坐马车去吧，'我说，'沿着海滨大道去。'

"他兴奋地点了点头，这个年轻人来到这里之后仿佛是头一次注意到身边的景色。之前,他对这一切无知无觉，眼里只有那个潮湿发霉的赌厅，只记得那里的湿热和汗臭，那些挤来挤去、面目可憎的赌客，还有那片咄咄逼人的灰色大海。可是现在，放眼望去就是风和日丽的大沙滩，从这头到那头满是悦目的景色。我们沿着壮丽的海滨大道缓缓乘马车而去（当时还没有汽车呢），路过数不清的别墅和行人。每经过一栋房子，每经过一幢绿荫蔽天的别墅，心里都禁不住暗暗想：就是这儿，我们以后就住这儿，静谧如斯，心满意足，远离尘嚣！

　　"我一生还有比此刻更幸福的时候吗？我不知道。我身边的这个年轻人，昨天还在死亡与绝望的边缘，现在却沐浴在耀眼的阳光下，对窗外的景色惊叹不已。他身上的时光仿佛褪去了，只留下一个小男孩的形象，一个贪玩的漂亮的小男孩，用骄傲又敬畏的大眼睛看世界，那清澈的柔情让我入迷。每当车子爬坡或者马儿累了的时候，他就敏捷地跳下车来在后面推一把。要是我指着路边的一朵花，他就会匆匆下车把它摘过来给我。见到一只小青蛙因为昨天下雨而误闯到马路上，他就会走过去，把费力地爬来爬去的青蛙拎起来，小心翼翼放到草丛里，免得它被车子碾到；这期间他一直给我讲各种古灵精怪的事儿，高兴得忘乎所以。我觉得，在欢笑中隐藏着他的自我救赎，要不是这样他兴许还会唱歌跳舞，或者做出一些疯狂的事儿，他这突如其来的激情是多么快乐，多么酣畅。

"我们慢慢地穿过一个小山村的时候，他突然对车外脱帽致意。我大惑不解：他在这儿人生地不熟，是要向谁致意？听到我的问题，他脸红了，几乎像道歉一样向我解释说，我们方才路过了一座教堂，在他的故乡波兰，正如在其他教规严格的天主教国家一样，人们自小就习惯了向每一座教堂或者礼拜堂脱帽致意。他这美好的虔诚让我感动至深，同时我想起了他所说的那个教母送给他的十字架，于是便问他，他是不是有宗教信仰。他谦虚又害羞地承认，他希望自己有一天也能得到主的怜悯。此时我内心闪过一个想法。'停车！'我对车夫说，然后急忙走下车来。那个年轻人惊讶地跟着我下了车：'我们要去哪儿？'我只是答道：'您也一起来吧。'

"我们一道返回了那座教堂，它其实是一座砖砌的乡村小礼拜堂，灰白、阴沉，里面空荡无人，大门敞开着，一道锥形的光柱穿过门洞刺破了里面的黑暗，祭坛四周森影重重。在充满焚香味道的暗影中，两支蜡烛就像黑暗中迷蒙的泪眼。我们走了进去，他摘下帽子，把手探进洗罪壶中，画了个十字，然后双膝跪下。他还没站起来，我就紧紧拉着他的手往前走。'您快来，'我说，'去祭坛那儿，或者找一幅您所尊仰的圣像，在它面前发誓，就是我昨天要您发的誓。'他吃惊地，几乎是目瞪口呆地看着我。不过他很快就明白了是怎么回事，于是找到一处壁龛，在胸前画了个十字，虔诚地跪了下来。'您跟着我说，'我说，激动得全身颤抖，'您跟着我说，我发誓。'——'我发誓。'他重复道，我接着往下说：'我此生此世不再赌钱。我以我的生命和名义起誓，再也不参与任何形式的赌博。'

　　"他颤抖着重复了我所说的话：它们清清楚楚、一字一句地回荡在全然空寂的大厅里。然后一切复归沉默，如此寂静，仿佛能听到外面风吹树摇的声音。突然，他像个罪人一样俯伏在地，用一种前所未见的迷醉，飞快又狂乱地说着一连串波兰语句子。尽管我听不懂，不过这必定是一次狂乱的祷告，充满感激与悔恨的祷告，因为在告解时他在神龛面前一再谦卑地磕头，越来越疯狂地重复着那些陌生的音节，越来越激烈地抛掷出那些激越的字句。我从未，之后也没有再在教堂里听过这样的祷告。他痉挛的双手紧紧地扶着木制的告解台，承受着内心的风暴，身体战抖不已，有时猛地站起身来，有时又突然跌落在地。他再也看不见了，感觉不到了：他身上的一切仿佛都到了另一个世界，在炼狱之火中获得重生，飞升至圣之境。

"最后，他缓缓站起来，画了个十字，费力地朝我转过身。他的膝盖抖个不停，脸色就像刚完成一件繁重的工作一样苍白而疲惫。不过，当他看见我时，双眼突然明亮了起来，迷离的脸上闪过一丝真正的虔诚的微笑；他向我走来，像俄罗斯贵族一样俯下身，紧握着我的双手，充满敬畏地亲吻它们：'您一定是神派来的使者。为此，我要向神表示我的谢意。'我默然无语。不过我在心里暗暗希望，这时教堂的管风琴会突然奏响，因为我知道，我成功了：我救了这个人。

"我们走出教堂，回到了五月的明媚阳光下，世界在我眼里从未如此美丽。两小时里，我们的马车沿着小山缓缓行驶着，美景任人俯瞰，转角总是柳暗花明，赐给我们新的景色。不过我和这个年轻人再也没开口说一句话。在如此强烈的感情风暴过去后，每一个词都显得苍白无力。每当我的目光偶然地和他相遇时，我就会不好意思地转过身，看着自己所创造的奇迹，实在太让人震撼，我无法承受。

"约莫下午五点的时候，我们返回了蒙特卡洛。我急着要去赴一个约会，因为是和亲戚的约定，推辞不掉。其实我内心也渴望着有一点平静的间隙，舒缓一下刚才汹涌的情感。我一生里还从未经历过这样狂风暴雨的瞬间，我觉得自己需要时间从迷乱和炽热中缓过神来。于是，我恳求那个我守护着的年轻人，先和我回一趟我在饭店的房间；我想把旅费还有赎回首饰的钱给他。我们约好，在我和亲戚见面的时候他自己去买车票；七点钟我们在火车站的前厅见，半小时后我把他送上车，他会途经热那亚回到在尼斯的家。就在我把钞票递过去的时候，他的双唇异常惨白："不……我不要……钱……求求您，不要给我钱！"他从齿缝间挤出这样一句话，手指慌乱又神经质地颤抖着往回缩。"不要……不要给我钱……我不能看着钱。"他又重复道，身体几乎在厌恶与恐惧之下坍塌。我安抚他说，不要不好意思，就当是借我的好了，如果觉得过意不去，那就给我写张收据。"对……对……写张收据。"他语无伦次，躲开我的目光，说罢就把钞票捏在手心里，仿佛它们是什么粘在手上的脏东西，看也不看一眼就揣进了口袋里。他拿来一张纸，用潦草的字体在上面写了几句话。他写完站起身的时候，已经满头大汗，仿佛体内有什么东西在横冲直撞，直抵喉咙，让他窒息。他刚把那张松散的收据递给我，全身就像触电那样抖动了一下，突然——我被吓得下意识地往后退了几步——他双膝跪地，疯狂地亲吻我的裙摆。这一幕简直无法用语言描述：他的动作是那么狂暴，我全身都忍不住颤抖起来。一种奇怪的恐惧袭击了我，我一时间不知所措，只能结结巴巴地对他说："谢谢您的感激。不过，您现在快去买车票吧！晚上七点我们在火车站见，

然后告别.'

"他看着我，眼里闪烁着感动的泪光；有那么一瞬间，我觉得他有什么要对我说，或是要向我探过身来。可是他最后只是深深地鞠了一躬，继而离开了我的房间。"

C夫人又中断了她的讲述。她站起身来，走到窗边，久久地、一动不动地凝望窗外，从她后背的剪影我看出她正在轻轻颤抖。突然，她猛地转过身来，原先平静安详的双手做了一个激烈的、类似切割的动作，仿佛要撕裂什么。然后她刚强地、几乎是冷酷无情地看着我，突然又开始往下讲：

"我对您承诺过要彻底坦白。现在我才明白，这个诺言是多么重要。因为直到此刻，我才第一次强迫自己一五一十地讲述那二十四小时内发生的事，尝试在凌乱如麻、纠缠不清的情感中厘清事情的来龙去脉，并用精准的词语加以描述。直到此刻我才看清全局，理解了我当时没有察觉或者说不想察觉的细节。所以，我现在要对您，也对我自己，坚定地把真相和盘托出：当时，就在那个年轻人离开我的房间而我一人留在那里时，我的心——就像陷入晕厥——遭到了一下痛击。那里面，有什么东西，受了致命伤，不过我不知道——或者说不想知道——在我守护着的男人那感人至深的敬意里面，到底是什么让我痛不欲生。

"不过现在，因为我承诺过，在您这位证人的面前，不能隐瞒任何事情，更不能为自己让人羞耻的感情开脱，所以我强迫自己一五一十、清清楚楚地把发生的事过滤一遍，仿佛它并非发生在我身上那样。今天我才明白了当时为什么会如此痛苦：是因为失望……我感到失望，因为……因为这个年轻人就这样顺从地离开了……就这样走了……完全没想过要紧紧抓住我，留在我的身边……他谦虚而充满敬畏地听了我的话，要马上离开这个城市，也没想过反驳，没想过要……一下子把我拥进怀里……在他的眼里，我只是一个圣人，在他人生路上骤然闪现的神的使者……他没有意识到……意识到我是个女人。

"这就是我当时感受到的失落……我当时没有，后来也不敢向自己承认这一切，可是我作为女性的第六感明白了一切，不需要言语和意识。因为……我现在不再自欺欺人了——要是这个男人当时拥我入怀，要我跟他走，我就会跟他远走高飞，我会抛弃我的名誉，抛弃我的孩子……我会不顾世人的眼光，放弃自己的理智，跟他去天涯海角，正如那个跟一个自己根本不认识的法国年轻人私奔的亨莉埃特夫人……我不会问他去哪里，去多久，我甚至不会看我之前的人生一眼……我会为这个男人献出我全部的金钱、财产、名誉，甚至是作为人的尊严……

我会去乞讨，为了他我什么都可以做，世界上任何低贱下作的事我都愿意做。羞耻心也好，人与人之间的顾忌也罢，我都不想要了，只要他向我走来，抱住我，在这一瞬间我就会放弃自己，成为他的人。不过……正如我刚才所说……这个迷迷糊糊的年轻人根本就没有意识到我是女人……只是在后来，当我再次独自一人的时候，他那天使般闪光的脸庞，还有它放射而出的激情，才沉降到我那空无一物的内心，在我失落的身体里点燃，让我意识到我是多么渴望他，多么愿意交出自己，多么想在他面前熊熊燃烧。

"我花费好大工夫才从失落中重新振作，与亲戚们的约会此刻双倍地压在心头，让我反感。我觉得自己好像戴上了一个沉重的钢盔，在它的重压之下我摇摇摆摆，站都站不稳了，在去饭店赴约的路上，我的想法乱作一团，正如我的脚步。我坐在闲聊的人群中间，对他们说的话无动于衷，偶尔抬头一望，所见到的也只是一些淡漠的面孔，和那个男人光影盘旋、云彩般变幻不定的鲜活的脸相比，这些人就像冻僵了或者戴着面具一样，总让我受到惊吓。我坐在他们中间就像坐在尸体中间，这死水一潭的社交让人毛骨悚然；有时，我往茶杯里放糖，心不在焉地插几句话，突然，那个年轻人的脸，从我颤动的鲜血中冉冉升起，占据了我的全部思想，使我狂喜，这时我才想起来——这想法太可怕了——我最后一次见到他不过是一两小时之前的事情。我当时肯定是不自觉地低声叹气，因为我丈夫的表妹突然朝我探过身来，问我怎么回事，是不是身体不舒服，我看起来脸色惨白、心事重重。这突如其来的关心轻松快捷地帮我找了个借口，我说我头痛得厉害，希望大家允许我默默告辞。

"脱身之后，我早早地回了饭店。刚刚恢复独自一人，空虚和失落就再次攫住了我，我渴望着要见到那个年轻人，那个我今天就要与之永别的男人。我在房间里走来走去，毫无意义地拉开每个抽屉，换了一套又一套衣服，一根又一根缎带，在镜子前打量自己，看看这样打扮是不是能留住他的心。突然，我如梦初醒：对，我要不惜一切留在他的身边！不到一秒，这个疯狂的念头就成了决心。我急奔下楼，告诉门房我今晚就要坐夜车离开。现在得赶紧了，我按铃叫女佣来帮我收拾行李——时间不等人；就在我们匆匆忙忙地把衣服和日用品收进箱子里的时候，我在心里梦想着给他的惊喜：我目送他上火车，直到最后一刻，当他伸出手来要与我告别的时候，我会出其不意跳上火车，让他目瞪口呆，并且告诉他，今晚，还有今后的每一晚，只要他想要我，我都会陪他一起过。我热血沸腾，陶醉在自己的幻想里，把衣服往箱子里扔的时候突然大笑出声，把身边的女佣给吓坏了，这期间我感到自己已经神志不清。勤务员来扛箱子的时候，我呆呆地看着他，不知道他是谁，要来干什么，在激情上头的那一刻，要回到现实已经不可能。

"时间非常紧迫，整理好东西应该快晚上七点了，离出发时间顶多只有二十分钟——没事，我安慰自己，反正已经不再是告别，因为我决定了一路陪伴这个年轻人，只要他不嫌弃我，多久都可以。勤务员把箱子提到楼下，我赶到饭店前台结清住宿费。前台经理已经把钱找给我了，我准备动身，这时有只手温柔地搭在我的肩头。我吓了一跳。原来是我丈夫的表妹，她刚才听说我身体欠安，很是担心，于是来看我了。我眼前一黑。我不能在她身上浪费时间，每拖延一秒，我错过火车的可能性就大一点，这无疑会是场灾难，可我又必须顾及人情礼貌，起码要和她应酬几句。'你得回床上休息，'她不容我反驳，'你肯定发烧了。'我可能真的在发烧，因为我的太阳穴突突乱颤，眼前一片蓝色的雾影晃来晃去，仿佛下一秒就要晕倒。不过我咬咬牙，竭尽全力假装感激，吐出的每一个词都让我心急，我巴不得把这不合时宜的关心一脚踹开。可是这个多事的女人就是不肯走，没完没了地往我的太阳穴涂古龙水，说是要让我清凉一下，退退烧；我心里在数着流逝的分秒，同时想着那个男人，苦想着要怎样才能找个借口摆脱这烦人的关爱。可是，我越躁动不安，在她眼里就越可疑；她坚持着，几乎是用命令的口气，要我回到房间里卧床休息。

"就在这时，我看见了饭店大厅中央挂着的时钟：七点二十八分了，夜班车七点三十五分开走。我再也顾忌不上什么了，以一个绝望之人的冷漠，我狠狠推开她的手，全然不顾其震惊的目光，从一排目瞪口呆的饭店服务生面前朝大门冲去，跑到大街上，往火车站飞奔。从远处我就见到那个替我送行李的勤务员，他在车站前面焦急地朝我挥手，火车肯定马上就要开了。我疯狂地向闸口冲去，可是检票员拦住了我，我忘了买车票。正在我和他极力辩解着，要他让我去月台的时候，火车开动了。我呆呆地看着这一幕，全身不住地发抖，渴望在火车车窗里见到他，至少让我见到他最后的挥别或者致意。可是在一排掠过眼前的车窗里我没有看见他的面孔。列车加速前进，一分钟之后，我眼前除了涌动的黑色烟雾，别无他物。

"我肯定是石化了一样站在那里，天晓得我站了多久，那个勤务员可能已经三番五次地和我搭话，直到见到我无动于衷的样子，他才鼓起勇气碰了碰我的手臂。我吓了一跳。他问我要不要把行李送回饭店。我花了好一会儿才想清楚，不，我不能回去，刚刚像疯子一样冲出来，这么可笑的一幕之后我怎么还能回去？而且我也不想回去，不，永远也不回去了。于是我不耐烦地请他把行李寄存起来，让我一个人静一静。

"在车站人来人往之间，在候车大厅的无休无止的喧嚣之中，我尝试静下心来，想想怎么才能把自己救出这愤怒、痛苦与自责交织的绝望境地，毕竟——为什么不承认呢？——我是自作自受，没能见他最后一面，此刻自责就像无情的炭火一样在我内心搅动。烧红的利刃毫不留情地刺穿了我的心，我痛苦得几乎要放声大叫。或许，只有那些从未经历过激情的人，才会在他们生命中这绝无仅有的一刻突然爆发出这样的情感，好比雪崩，胜似飓风。长年积聚在内心的能量，此刻就像滚动的卵石一样冲出胸膛。在这之前，在这以后，我再也没体会过这样惊愕、愤怒、无力的瞬间；我，头一次这样鲁莽大胆，准备把我积攒起来的、一步一步搭建多年的人生一下子抛出去，可是——我的激情却在一堵无意义的高墙上撞得头破血流。

"不过，我在那之后所做的事又何曾称得上有意义呢？我做的事实在孩子气，甚至是愚不可及，我现在要讲出口都觉得羞耻——不过我承诺过要对您坦白一切：我……我错过火车之后，还一直在找他……或者说，我找的不是他本人，而是和他共度的时刻……我被一股无形的力量牵引着，打算一一重访我们昨天逗留过的所有地方，公园里的长椅，我曾在这里把他拉起身来；赌厅，这是我第一次遇见他的地方；甚至是那家下三烂的旅店，我别无他求，只想把昨天的事从头到尾再经历一次。明天一早，我想沿着那条海滨大道再走一回，这样他说过的每句话，他做的每个手势，就会在我心里重生——没错，我做的事很幼稚，很无谓，很神经质。可是您想想，我昨天经历的一切就像电闪雷鸣——还没来得及体验就已经过去，只留下一个让人惊愕迷醉的印象。不过现在，我醒过来了，从这场混沌之中被硬生生地唤醒了，我要一点一滴地重新品味和他一起经历的时光，借助人们称之为回忆的东西，这自我欺骗的魔法——当然，有些回忆可以被理解，有些则不能。或许我们需要一颗炽热的心，才能明白其中的全部意义。

"于是，我重拾时光的第一站，就是那个赌厅，那张有他的赌桌，在那里，我可以在众多赌徒的双手之中，通过回忆找回他的双手。我走进赌厅，我想我还记得在哪里，是第一个房间的靠左的那张赌桌，在那儿我第一次遇见了他。他双手的每一个动作，现在依然历历在目，哪怕闭着眼睛伸开双手，我也能摸索到他坐过的地方，就像梦游。我就这样进去了，径直穿过大厅，朝第二个房间走去。没错，就是那里……我倚在门框上，往赌桌旁的人群望去……这时，发生了一件不可思议的事……

就在那个位置，就在我梦见他的那个位置，他……这肯定是我高烧中产生的幻觉！——他……真的是他……是他……是他……和我梦见的景象一模一样……和昨天一模一样，他的双眼瞪着那个圆球，脸色幽灵般惨白……不过他已经……是他……真的是他……不可能是别人……

"我经历了如此剧烈的震惊，差点就要大声尖叫。不过我强迫自己在这无谓的幻想面前镇定下来，闭上双眼。'你疯了……你在做梦……你发烧了，'我喃喃自语，'不可能，不可能是他，这只是你的幻想……他半小时前就坐车离开了。'然后我猛地睁开眼睛。太可怕了，就在昨天的那个位置，他活生生地存在着，不会是另一个人……哪怕眼前有一百万双手，他的手我也不会认错……不，我不是在做梦，的确是他。他违背了他的誓言，没有离开，正拿着我给他的回家的路费，荒唐地围着这绿色的桌子，全然忘我，只为赌博抛掷他的激情，而我则绝望地站在一边，为他提心吊胆。

"仿佛有什么推了我一把，我不由自主地向前走去，双眼因为愤怒而血红，目不转睛地盯着这个违背誓言的人，这个无耻地欺骗了我的信任、我的感情、我的牺牲的人，下一秒，我就要掐住他的喉咙。可就在那一瞬间，我控制住了自己。我故意慢条斯理地（这是多么艰难费力！）走到他对面的一个位置，一位先生给我让了座。我越过分隔我们的那张不过两米的绿色赌桌盯着他的脸，就像从剧院楼座往下观赏一场正在上演的话剧。这张几小时前还感恩戴德、因为天赐恩典而容光焕发的脸，现在又回到了地狱之火的深处，在激情的支使下扭曲变形。那双手，那双今天下午他立下神圣誓言时紧紧扶着教堂的告解台的手，此刻就像吸血鬼一样咬着几张皱巴巴的钞票。他肯定又赢了，对，他肯定赢了一大笔：他面前是一大堆金币、票子和筹码，肆无忌惮、颤颤巍巍地簇起来的一堆，他那抖动不停的神经质的手指正惬意地在里面游走，左搓右捏。我看到，他的手指如何把一张票子捏住又搓开，如何爱抚着、玩弄着叮当作响的金币，然后，突然抓起一大把钱，甩到赌桌投注区的中央。他的鼻翼又开始随着喘息上下抖动，瞳孔因为主持人的吆喝一惊一乍，贪婪的目光从自己的战利品扫到那个滚来滚去的圆球，整个人仿佛下一刻就要粉身碎骨，只有双肘依旧紧紧地铆在绿色的桌面上。他这着魔的样子比昨晚还可怕，还让人心寒，因为他的一举一动都在屠杀我心中的另一个他，消灭我轻率地烙印在脑海中的辉煌假象。

"我们的一声一息之间只隔着两米的距离；我目不转睛地看着他，可他完全没有意识到我的存在。他没有抬头看我一眼，他任何人都看不见；他的眼睛一直盯着那堆钱，不时忐忑地转向那个滚来滚去的圆球；他的注意力仿佛被它在绿色桌面的急速回旋牵引着，随着它的运转而七上八下，一刻也不得安宁。对这个赌鬼来说，全世界乃至全人类的命运都浓缩在这一小小的四边形方桌布里。我知道，哪怕在这里坐上几天几夜，他都不会发现我。

"可我再也忍受不了了。我毅然决然地站起身来，绕过桌子，走到他身后，用一只手狠狠地抓住他的肩膀。他不耐烦地抬起头来——有那么一秒钟，他用空洞洞的、玻璃般的眼珠盯着我，没有认出我是谁，就像一个喝得烂醉又被人推醒的酒鬼，满脸困倦，眼神恍惚，目光里白翳重重，不知所以。然后，他好像想起来了我是谁，双唇颤抖着张开，一边幸福地看着我，一边压低了声音，煞有介事、结结巴巴地说：'没事儿……形势好着啊……一进大厅我就知道他在这里……我就知道……'

"我不知道他在说什么。我只知道，这个疯狂的人，一心沉醉在赌博之中，以至于把他的誓言、把他和我的约定、把我、把全世界都抛到了脑后。然而，哪怕是在这样的时刻，他那中邪般的激情也让我着迷，我完全控制不了自己，只能听着他口中说出的胡话，满脸震惊地问他，他知道谁在这里。

"'您看那边，那个独臂的俄国将军，'他贴近我的脸喃喃低语，为了不让身边的其他人听到，'那边，那个留着白色连鬓胡子、带着仆人的将军。他总是赢，我昨晚一开始就注意到他了，他肯定是有什么门道，我总跟着他投……昨天他就一直赢……只是我后来犯了个错误，在他起身离开之后还继续赌……我自作自受……他昨天肯定赢了两万法郎……今天他也一直赢……现在我要好好跟着他下注……现在……'

"话刚说到一半，就传来主持人生硬的吆喝声：'**买定离手！**'[1] 他好像从梦中醒来一样，目光贪婪地瞄向那个大胡子俄国将军，后者在自己的位置上岿然不动，气定神闲，先是拿了一枚金币，略加思量之后又拿了一枚，押在四号区上。他的双手连忙从那堆钱中抓出一大把金币，扔进四号区。一分钟后，主持人喊了一句'〇区'，说罢便用耙竿把整张桌上的钱都耙走了。他瞪大双眼，难以置信地看着自己的钱就这样付诸流水。您可能会觉得，他此时应该要收手了，要朝我转过身来，可是，完全不是这样，他根本忘记了我的存在；在他的眼里，我已经沉入大海，化为乌有，他只能看见那位俄国将军。将军对刚才的失利全然不在乎，又拿起两枚金币，犹豫了一下，不知道应该押到哪个号码区。

"我无法对您描述我当时心中的愤怒与绝望。不过，您设想一下：您向一个人奉献了自己的所有，可是他就

---

1 原文为法语。

像赶苍蝇一样挥挥手把您掸走。暴怒再一次攫住了我。我用尽全身力气，拉住他的手臂，他吓得跳了起来。

"'您马上给我起来！'我在他耳边低声恳求道，'您还记得今天在教堂对我发过什么誓吗？您这个出尔反尔的人啊，真是可悲。'

"他盯着我，满眼震惊，脸色变得惨白。他的目光突然像丧家犬一样，双唇颤抖不已。他仿佛在一瞬间想起了所有的事，对自己的恐惧席卷了他。

"'记得……记得……'他结结巴巴地说，'上帝啊，我的上帝啊……我记得……当然记得……我马上就好了，请您原谅……'

"这时，他用手把桌上全部的钱扒拢在一起，准备收拾离开，然而，原先仿佛下定决心的迅疾的动作，突然慢了下来，变得迟疑，就好像有什么阻力把他的手挡了回去。他的目光又落在那位将军身上，后者刚刚下注。

"'您再等我一会儿……'他飞快地摸出五个金币，把它们扔在将军投下的号码区里……'再玩一局……我答应您，这局完了我就走……就一局……一局……'

"他大气不敢出，只是望着那个圆球滚来滚去，任凭它牵引着自己的全部注意力。这个人已经着魔了，再次摆脱了我，跳进了槽里那个小圆球的漩涡之中。随着主持人高声吆喝，耙竿又把他的五个金币耙走了，他输了。

不过他始终没有回过头来。他忘了我，也忘了他刚刚作出的誓言。他的手又颤抖着伸向那堆好像熔在了一起的金币，除了那个能给他带来幸运的将军，除了他自己的意志的磁场，那醉醺醺的目光再也不服从其他任何人。

"我的耐心已经消磨殆尽。我又一次拉扯着他的手臂，这次非常用力：'您马上起来！马上！……您刚才对我说，玩完这一局就……'

"此时发生了一件意想不到的事。他突然朝我转过身来，可是一改先前的迷惘与谦卑，这回脸上带着无以名状的愤怒。他目露凶光，双唇在震怒之下颤抖。'你别多管闲事！'他对我吼道，'快滚吧！我的不幸都是你带来的。你一在这儿我就输。昨天你一进来我就输了，今天你又来！快给我滚开！'

"那一瞬间，我惊呆了。他的怒火也点燃了我的愤怒，使它毫无顾忌地燃烧起来。

"'我给你带来不幸？'我对他大声说道，'你这个撒谎者，你这个小偷，你今天还在我面前发誓……'可我还没说完，那个着魔的人就猛地站了起来，无视身边一大群人，狠狠地把我推开。'给我闭嘴，'他肆无忌惮地大叫，'你又不是我的监护人……给……这是还你的钱……拿去……拿去！'说罢便从那一堆战利品中抽出几张·百法郎的票子扔给我。'好了，现在让我安静下！'

"他叫得这么大声，就像真的中了邪一样，看也不看周围的几百号人。所有人都目不转睛地看着我，有的在窃窃私语，有的在指指点点，有的干脆笑出声来，甚至还有邻厅的人涌过来看热闹。我觉得自己好像被剥光了一样，无遮无掩地站在好奇的人群之中……'女士，请您安静一下！'[1]连主持人也带着威严大声对我宣判道，还用耙竿敲了敲桌子。这个卑鄙的人，他，他刚刚说的那些话全都是针对我。在这群低声嘀咕的看热闹的人面前，我就像一个被人用钱甩在脸上打发掉的妓女，感到无尽的悲屈与耻辱。两百只，不，三百只眼睛厚颜无耻地打量着我……屈辱就像脏水一样泼在我身上，我不得不弯下身来，低头穿过人群，择路而逃。就在这时，我的目光和一个女人的双眼相遇了，那双眼睛因为惊恐而睁得大大的——是我丈夫的表妹，她目瞪口呆地看着我，一只手正要举起来掩住她那大张着的嘴巴。

"这给了我重重一击：在她从惊讶中缓过来之前，我就跑了出去；我逃出赌厅，跑到那张长椅那里，就在昨晚，那个人还垂死一般倒在上面。我倒了下来，和他之前一样筋疲力尽、肝胆俱裂，身下是坚硬的、毫无慈悲之心的木头。

---

1 原文为法语。

"这件事虽然已经过了二十四年，可是，每当我想起当时在赌厅里，在几百个陌生人面前被他嘲讽的情景，就感到像有鞭子打在自己身上，连血液都凝固了。我再次惊讶地感觉到，我们平时堂而皇之地称为灵魂、精神、感情、痛苦的东西，其实就像水母一样，羸弱又渺小，因为哪怕它们再强大，在最极端的爆发中却连一具受尽苦难的卑微肉身都粉碎不了——树都能在雷击中倒下，人类的血肉之躯在经历了极端的痛苦和羞辱之后居然还能继续存在，既不会消失，也不会倒地身死。

"当时，巨大的痛苦只让我的意识熄灭了一秒钟，让我知觉全无，呼吸停止，跌落在长椅上，我几乎是带着喜悦地想到，我快死了，就这样死去。可是，正如我刚才所说，无论什么形式的痛苦，到头来都是怯懦的，它终究敌不过流淌在我们肉身里的生存本能，这扎根在我们血液中的本能，它比灵魂里求死的激情更加强大。我无法解释，自己在经历了如此沉痛的一击之后，居然还能站起身来，只是不知道自己接下来要做什么。突然，我想起来，我的行李还寄存在火车站，这时我的心在不断地呼喊：走，走，走，逃离这个地方，再也不要见到那个该死的、地狱般的赌场。我完全不顾身边的行人，麻木地朝火车站走去，向行李存放处的门房询问下一班发往巴黎的火车是什么时候；十点，他对我说，于是我马上把行李领了出来。

"十点——从昨晚第一次见到他的那可怕的一刻起，刚好过去了二十四小时，这二十四小时里充满了各种荒谬的情感风暴，我的内心已经被摧毁了，不可挽回地被摧毁了。可是，此刻，我心里只知道一个字，它以铿锵的节奏在我身体里回荡：走！走！走！我的太阳穴突突作响，仿佛有楔子不断地把这个字敲进我的头：走！走！走！逃离这座城市，逃离我自己，回家，回到我亲人那里，回到我先前的生活里，回到我自己的人生里！

"我连夜赶到巴黎，从那里转了一趟又一趟车，从巴黎到布洛涅，从布洛涅到多佛，从多佛到伦敦，从伦敦赶到我儿子的家中——这一切都是不假思索、一口气完成的，全程四十八小时，我不眠不休，一声不吭，滴水未沾，四十八小时，每趟火车的车轮都在隆隆地重复这个字：走！走！走！

"当我最终出乎所有人的意料，踏进我儿子家的庄园大门时，他们都大吃一惊：我的神态、我的眼神里肯定有什么蛛丝马迹出卖了我。我儿子走上前来，想要给我拥抱与亲吻。可我转过头去，一想到他要亲吻我被那个男人玷污的双唇，我就受不了。我不回答任何问题，只想洗个热水澡，因为现在这是我唯一的心愿——我要用滚烫的热水，把旅途中的污垢，还有那个赌鬼的肮脏的激情，统统从我身上洗掉。然后我拖着步子回到了自己的房间，一睡就是十几个小时，像块沉重的巨石，又像是睡在棺材里，我这辈子从未有过，以后也不会再有这样的死一样的睡眠。我的家人像照顾病人一样关心我，可是他们的无微不至只会让我更加心痛，他们那么尊敬我，那么景仰我，我对此感到羞耻，我必须不停地控制自己，不要突然大呼出声，不要在迷糊中对他们说，我背叛了你们，我忘记了你们，我曾因为一份疯狂又荒唐的激情而差点抛弃了你们。

"我毫无目的地乘车前往一个没有人认识我的法国小镇，因为我一直幻想着，那些认识我的人一眼就会看出我变了个人，会看出我的耻辱。我觉得自己的灵魂最深处已经被背叛、被亵渎。有时，早上醒来的时候，我会害怕睁开眼睛，那个晚上的回忆再次袭上心头：我睁开双眼，见到自己身边躺着一个半裸的陌生男人，当时我恨不得自己马上就死去。而过了这么久，这个念头依然如故。

"不过，时间终究还是拥有深不可测的力量，年老也使得我记忆中的感情越发平淡。如果你看到死亡就在前头，在路边的阴影里蛰伏着，那你记忆里的东西就不再刺眼，它们失去了原本危险的力量，再也不能触碰你的内心。慢慢地，我战胜了当年的惊愕与恐惧；在那件事过去多年以后，我在一次聚会上遇到了一个奥地利使馆的外交随员，一个来自波兰的年轻人，我向他打听他家族的情况。他告诉我，他这位堂兄的儿子十年前就在蒙特卡洛举枪自杀了——听到这个消息，我甚至一点情感波动都没有。这件事不再让我痛苦了，或许——为什么要对您掩饰我的自私呢——他死了，这样还好一点，我再也不用担心会在聚会上碰见他，除了我自己的记忆，再也没有其他证人能出来指责我了。自那以后，我的心就平静多了。年华逝去，这终究意味着，再也不用害怕自己的过去了。

　　"现在，您应该会明白，我为什么会突然想要和您讲述我自己的命运了。当时，您激烈地为那个亨莉埃特夫人辩护，还说二十四小时足以改变一个女人的一生，我感觉就像是说给我听的。我感谢您，因为一生中头一回，我感到有人证实了我的想法。我还想，如果我能如实把这件事说出来，我的灵魂就能得到解放，就能摆脱多年来的负累，再也不需要频频回首；这样的话，或许我明天还能去一趟那个赌厅，重访一下那个改写我命运的地方，不过我现在无论对他还是对自己都没有恨了。长久以来，都有一块磐石压在我心底，以千斤之力把我的过去封印着，不让它死灰复燃。可现在，这块磐石已经移开了。能向您坦白一切，这对我来说是件好事，我现在感觉身轻如燕，几乎为此感到快乐……谢谢您。"

话音刚落，她突然站了起来，我知道，她已经结束了她的故事。我难为情地想找点话说。不过她看出了我的窘迫，于是打消了我的这个念头：

"不，您不用再说什么……我不想您再说点什么或者回应什么……非常感谢您能一直聆听我的话，祝您明天旅途一切顺利。"

她站在我面前，向我伸出手来告别。我不由自主地看向她的脸，那是一张年迈女性的脸，充满善意，又有点羞涩，让人动容。这是久已消散的激情的反光吗，还是因为不知所措？忐忑不安的红晕使她的脸颊直到银白的鬓发都一片绯红——她像少女一样站在我面前，俨然一位刚刚出嫁的新娘，因回忆而迷乱，因坦白而羞赧。我被眼前这一幕深深震动，想找句话来向她表达我内心的尊敬。可是此刻，我的喉咙哽咽了。我低下头来，充满敬意地亲吻了一下她那只苍老的、秋叶一般轻轻颤抖的手。

秘密燎人

玩伴

火车头越发嘶哑地长鸣：塞默林[1]到了。在高处银色灯光的映照下，黑魆魆的车厢匆匆驶过，不消一分钟便吐出几个衣着光鲜的乘客，再吞下几个别的，到处是熙来攘往的人们的叫唤声，然后这台嘶哑的机器便继续它的旅程，拖着黑色的车厢长链驶进下方隧道的黑洞里。湿润的风吹过，后方广阔的风景又在眼前徐徐展开，焕然一新。

下车的乘客中有个年轻人，衣着体面，步履轻快，面容和善，非常引人注目。他先人一步招呼到了去旅馆

---

1 塞默林：奥地利下辖奥地利州诺因基兴县的一个市镇，著名疗养地。

的马车。马儿们不紧不慢地沿着上坡路跑去。空气中已经能感觉到早春的气息。浮动不定的白色云朵在天幕上游弋，那是一般来说只有五六月才有的云，洁白无瑕，像是年轻浮躁的小伙子，在蓝天的路轨上玩耍嬉跳，突然便躲到群山的后面，时而合抱，时而逃之夭夭，时而像手帕一样皱成一团，时而消散为一条条大道，最后恶作剧般地为山峦戴上雪白的帽子。风中有什么在躁动不安，瘦削的、被雨水打湿的树木在风中摇摆个不停，关节发出咔嗒咔嗒的轻响，树叶间的雨水像星火一样溅落满地。时不时地从远山那边传来冷冽的雪的芬芳，这时人们会感觉到呼吸中有点什么既清甜又辛辣的东西。天地之间的一切都在轻轻颤动，充满了焦灼。马匹轻轻地打着响鼻，此刻正要下山，铃铛在前方叮铃作响。

年轻人到旅馆的第一件事就是去看住客的名单。扫了几眼之后，他大失所望。"我来这个地方到底为了什么？"他烦恼地想道，"自己一个人在这山旮旯里，没有人陪，这不是比蹲办公室还惨？在住客里面一个我认识的人都没有。要是有几位女士就好了，那些娇小可爱的女人，必要的时候还能和她们无伤大雅地调调情，那这一周过得也不算太糟。"

此公是一个名不见经传的奥地利贵族官僚世家的男爵，在地方行政厅任职，这次是来度假的，因为他的同事无一例外地都趁着这一周的春假出来了，他也不想在办公室里度过。他虽然不缺才华，可是很清楚地知道自己在孤独面前毫无招架之力，因为他天性爱好社交，也在各种圈子里极受欢迎。他完全不习惯独来独往，竭尽一切可能不让自己一个人待着，因为不想独自面对自己的内心。他深知自己需要与别人来往，只有在两个人摩擦碰撞的瞬间他才能彻底舒展自己的社交天赋，让内心温暖又高傲的火光熊熊燃烧，独处的时候他觉得自己像火柴盒里一根孤零零的火柴，自觉无用，寂寞清冷。

他在空荡荡的大厅里走来走去，烦躁得不行，一会儿心不在焉地翻翻报纸，一会儿在音乐室的钢琴上弹弹华尔兹，可手指总弹不出个调儿来。最后他终于坐了下来，心情糟糕透顶，看着窗外渐浓的夜色，薄雾从树丛间像灰色的蒸汽一样溢出。他就这样无所事事地待了一小时，觉得自己像个废人，神经兮兮的。然后，他逃进了餐厅。

在那儿，几张桌子已经坐了人了。他用目光匆匆扫了一眼。什么也没有！没有认识的人，除了一位赛马教练——他随便打了声招呼——和一个在环形大街上偶然认识的人。没有女人，没有任何艳遇的机会。他的心情越发糟糕起来。他是那些凭着英俊的面孔成功收获美色的年轻人当中的一个，这些人总是时刻准备着迎接新邂逅，获取新经验，渴望一触即发投入未知的大冒险。他们处变不惊，因为每时每刻都窥探着周边的环境，心里盘算好了一切，没有任何美色能逃脱他们的目光，他们总是能用第一眼就使每个女人欲火焚身，她们对其而言只是没有差别的试验品，无论是自己朋友的妻子还是为他们开门的女仆，他们都不放过。人们带着某种轻蔑称这些人为猎艳高手，却没有意识到这个称号里面凝聚了多少久经历练得出的真理。这些人不眠不休地警醒着，就为了监视自己的猎物，在他们身上，无论是狩猎的狂热和内心的激动，还是灵魂深处的残忍都仿佛出自本能。他们从不走得太近，而是做好一切准备，果断地追踪一丝一毫冒险的可能，直至深渊。他们都是激情澎湃的人，这里指的不是恋爱的激情，而是赌徒的激情，那种冰冷、盘算、以身试险的激情。他们之中有的是锲而不舍的猎手，在他们眼里，不仅青春期，整个人生都是一场永不间断的冒险，每一天都是无数个充满肉欲的瞬间的集合——擦肩而过的一瞥，转瞬即逝的一笑，面对面坐时两个膝盖无意间的一蹭——每一年则是无数个猎艳的日子的集合，情欲的体验仿如喷涌的流泉，生生不息，滋润着他们的人生。

这个猎艳者马上就意识到，这个大厅里根本找不到哪怕一个可以玩玩的对象。没有谁比这名赌徒更恼火了，他手上拿着牌，心里知道自己稳操胜券，却没有可以与之一战的对手。男爵叫人给他拿份报纸。他目光阴沉地扫视着上面的字句，精神却非常涣散，仿佛喝醉了一样在每个词上面磕磕碰碰。

就在这时，他听见了裙子拖在地上窸窸窣窣的声音，以及一个有点愠怒、矫揉造作的女声："给我安静点儿，埃德加！"[1]

一件丝绸裙子沙沙地擦过他桌旁，他见到了一个高挑、丰满的身影从面前走过，跟在后面的是一个穿着黑色天鹅绒套装、脸色苍白的小男孩，后者正用好奇的目光打量着他。他们坐在对面那张预留的桌子旁，男孩显然在努力让自己举止得体，这与他眼中那焦虑的黑色光芒格格不入。而那位女士呢——年轻的男爵只看得到她一个人——体面考究的衣着，肉眼可见的优雅，完全是他喜欢的类型。她是一个体形略微丰满的犹太女人，轻熟、热情，却很擅长用一种优雅的忧郁掩盖自己内心的情感。起初，他没看见她的双眼，只一味欣赏那线条优美的眉毛，环绕着一个精致温柔的小鼻子，虽然这一细节暴露了她出身的种族，但这高贵的外形使她整体的轮廓显得鲜明又迷人。与其丰满的女性胴体相呼应，她的头发也浓密华贵得让人惊讶，她的美丽仿佛经过了无数赞美的历练，

---

1 原文为法语。

自信、饱满，毫不掩饰自己的光芒。无论是点餐还是叫男孩不要玩桌上的刀叉，她仿佛都在轻声细语——一举一动看着都那么冷淡，面对男爵那小心翼翼窥视的目光也不为所动，然而事实上，正是后者那蠢蠢欲动、蓄势待发的目光让她此刻举止不得不特别谨慎。

男爵脸上的阴云一扫而光，心底紧绷的神经放松了，皱纹舒张，肌肉伸展，整个人一下子容光焕发，眼眸闪闪放光。他和女人们并无不同，都是只有异性在场的时候才能从内心深处散发自己的全部魅力。一阵肉欲的刺激使他能量充沛。心底蛰伏已久的猎手嗅到了猎物的气息。他的眼睛挑战一般直视那名女子的目光，后者在路过的时候偶尔和他四目相接，闪动着不确定的光，却不提供明确的答复。他觉得好像在她的嘴角见到了一丝水波一样欲来又止的微笑，可是对此又不能确定，正是这不确定性让他深深着迷。她身上唯一能让他感觉到一点希望的便是那时不时看过来的目光，里面既有羞怯，也有反抗，还有就是她和孩子之间那小心得过于刻意的对话，好像是演给别人看的。他察觉到，恰恰是这急不可耐故作镇定的样子，暴露了她内心的慌乱。他自己也很是激动：游戏开始了。他推迟了自己的晚餐，为了能在这半个小时内不慌不忙地观察这名女子的一举一动，直到能把她面容的每一道轮廓都铭记在心，用目光抚摸她身上每一处能看到的部分。

　　窗外，黑夜已经降临，雨云伸出灰暗的巨爪，树林像恐惧的孩童一般，发出阵阵呻吟，房间内的阴影逐渐深重，沉默越来越明显地压抑着屋子里的人。在这静默的巨压之下，母亲和孩子的对话越来越勉强，越来越造作，他知道，她和男孩之间马上就要无话可说了。于是他决定做一个实验。他第一个从桌旁站起身，慢慢地从她身边走过，久久地注视着窗外的风景，来到门边。就在那里，他突然掉转头来，仿佛忘了什么东西。终于让他逮到了，她正用灼热的目光看着他身后。

　　这一瞥让他欲火焚身。他在大厅里等了一会儿。她很快也带着小男孩离开了餐厅，路上还在桌上的杂志堆里翻了翻，给男孩指着几幅画。男爵假装要找什么杂志一样不经意地走到那张桌前，事实上只是为了更深地凝视她眼眸里潮润的火光，甚至可能搭讪一下，可就在这一瞬间，女子掉过头去，轻轻拍了拍她儿子的肩膀：**"来吧，埃德加，该睡觉了！"**[1] 说罢便冷冷地和他擦肩而过。男爵看着她离去的身影，不禁感到几分扫兴。他本来计划着这天晚上能认识她，她那凌厉又干脆的神态却让他失望。不过，反抗毕竟也算是刺激的一种，正是未知的

---

1 原文为法语。

事物点燃了他的欲望。他总算是有了个玩伴，游戏可以开始了。

快速建立的友谊

翌日早上，男爵走进大厅时，见到那个不知名的美丽女子的儿子正在与两名电梯侍童热烈地讨论着什么，一边还给他们看一本卡尔·迈[1]的书里的图画。他妈妈还未现身，明显还在梳妆打扮。在这一刻，男爵才开始认真打量眼前的这个孩子。这是一个约莫十二岁的少年，害羞、青涩，有点神经质，举手投足慌慌张张的，目光总是左顾右盼。正如这个年纪的大部分孩子，他给人一种惊魂未定的感觉，仿佛他刚从梦中惊醒过来，发现自己被扔到了一个陌生的环境里。他的脸不算不好看，只是一切尚未定型，男性气质和孩子气的搏斗才刚刚开始，没有明晰的线条，一切都那么苍白、模糊，还掺杂着不安，

---

1 卡尔·迈：卡尔·弗里德里希·迈（1842—1912），德国通俗小说家，是史上作品被翻译成最多种外语、最被广泛阅读的德语作家之一，在一些严肃作家的书中也多有提及。其冒险小说常常带有异域情调，故事通常发生在19世纪的东方、美国和墨西哥，并多次被改编为电影、舞台剧、广播剧和漫画。

仿佛刚刚捏出来的面团，还没找到自己的形态。此外他正好处在一个比较棘手的年纪，这个年纪的孩子穿衣服总是显大，衣袖和裤腿松松垮垮地在瘦削的四肢上晃荡，他们还没有什么心思打理自己的仪表。

这个小男孩在旅馆里总是不安分地跑来跑去，给身边的人留下了非常不好的印象。实际上，他总是挡住别人的去路。不是用各种问题缠着门房，就是在旅馆前台添乱；显然，他没有什么朋友。孩子那爱唠叨的天性让他整天去找旅馆服务员的麻烦，他们正好有空的时候会回他两句，可是一有大人来了或者有正事要做，他们就会马上中断和小男孩的闲聊。

男爵微笑着，饶有兴味地看着眼前这个可怜的孩子，他充满好奇心地打量着身边的一切，周围的人却很不友好地避开他。有一次，男爵正好和男孩子好奇的目光交接，后者马上就战战兢兢地缩回到自己的心里，只要一发现男爵在看他，男孩马上就垂下眼帘。这可把男爵逗乐了。这个小男孩开始让他觉得有意思，他心想，这个男孩这么害羞，明显只是因为怕生而已，或许他能成为自己接近那个女人的捷径。无论如何，试试总是没错的。他悄悄跟在男孩身后，后者正一摇一摆地走出大门，以一种孩子们特有的对温存的渴望抚摸着旅馆那几匹马的粉红色奶头，直到马车夫厉声吆喝着把他赶走——真是个不幸的孩子。他受到了伤害，此刻只能百无聊赖地在周边走来走去，用空洞又有点悲伤的目光环顾着四周。这时，男爵上前搭话了。

"喏，年轻人，你觉得这里怎么样？"他突然对男孩问道，努力使自己的搭讪自然一点。

那孩子马上羞得满脸飞红，惊恐地抬头看着眼前这个男人。他害怕地缩回了手，尴尬得来回晃动身子。这辈子还是头一回有陌生男人向他搭话。

"谢谢您，挺好的。"他结结巴巴地回答。最后一个字更像是从喉咙里挤出来的，而不是说出来的。

"你这样想，我还真是意外啊，"男爵笑着说，"这个地方其实无聊得要命，特别是对于你这样一个年轻人来说。你在这儿整天都干些什么呢？"

男孩依旧迷惑不已，以至于一时间不知道怎么回答才好。这位不知名的、优雅的先生，居然和他这个无人在意的小孩子说话，这可能吗？这样的想法让他既羞怯又自豪。他努力让自己打起精神来。

"我读书，然后，还经常出去散步。有时我们会坐马车出门，我妈妈和我。我之前生了场大病，现在要在这里休养。医生说我得多晒太阳。"

最后几个字他说得相当自信而坚定。小孩子总是对自己生病感到骄傲，因为他们知道，身处危险可以让自己对家人来说比以往更重要。

"没错，你这样的小伙子就是要多晒太阳，太阳会把你的肤色晒成小麦色。不过你不该整天干坐在那儿。年轻人该多运动运动，调皮捣蛋。我觉得，你太乖了，你看起来好像那种手里捧着一大本砖头书足不出户的学究。我还记得，在你这个年纪的时候，我可调皮了，每晚回家的时候裤子都是划破的。太听话了可不好！"

孩子忍不住笑了，恐惧随之烟消云散。他本来很想回答点什么，可又担心自己的话在这位可亲的陌生先生面前显得太无礼、太自傲。他从不厚脸皮，总是很容易尴尬，此刻他既幸福又羞怯，随之感到一阵害怕与迷惘。他很想继续谈话，可又什么都想不出来。好在这时旅馆那条黄毛的圣伯纳大犬刚好走了过来，嗅了嗅他们俩，心甘情愿地索求抚摸。

"你喜欢狗吗？"男爵问道。

"噢，当然，我祖母在巴登的别墅里养了一条，我们住在那里的时候，它整天都和我在一起。不过只有在夏天我们才去那里探亲。"

"我们家里也养了狗，我记得，庄园里养了二十几条呢。如果你在这里乖乖听话，我会送你一条。一条棕色的小狗，耳朵是白色的哇，你想要吗？"

孩子高兴得满脸通红。

"想。"

他心里涌上一股热望，但紧接着便被一阵顾虑和恐惧打断。

"不过妈妈是不会让我养狗的。她说自己受不了家里有狗，养狗太麻烦了。"

男爵笑笑。话题总算来到妈妈身上了。

"妈妈这么严格吗？"

男孩思考了一会儿，抬起目光看了看眼前这位陌生男子，几乎在自问，这个人到底可不可信。最后，他谨慎地答道：

"不，妈妈不严格。况且我现在生病了，她事事让着我。甚至我跟她说想养狗，她可能也会同意的。"

"要我替你求求妈妈吗？"

"好啊，您一定要帮我，"男孩欢呼雀跃地说，"只要您开口，妈妈一定会同意的。那只小狗长什么样呢？耳朵是白色的吗？它会捡树枝吗？"

"当然，它什么都会。"看到从孩子眼中迸溅而出的火花，男爵不由得微笑起来。这么快就拿下了他。一开始的胆怯马上被打破了，被恐惧囚禁的激情四处飞溅。刚才那个害羞又胆小的孩子，摇身一变成了个吵吵嚷嚷的男孩。男爵不由得心想，如果他母亲也这样就好了，她的恐惧后面该隐藏着多么炽热的火焰！男孩已经带着二十个问题朝他扑来：

"那条狗叫什么名字？"

"小方块。"

"小方块！"孩子欢呼起来。不知怎的，男爵所说的每一个字都能使他欣喜若狂，男孩因为有人如此友善地接纳了自己而陶醉得不能自已。男爵对这么快就得手了而感到惊讶，并决定趁热打铁。他邀请男孩和他一起散步，这个可怜的孩子几个星期以来如饥似渴地想要别人的陪伴，于是对这个建议感到很高兴。

男爵用各种大大小小看似随意的问题引他上钩，童言无忌的埃德加马上在新朋友面前把一切和盘托出。很快，男爵便对他的家庭了如指掌，埃德加是一位维也纳律师的独子，来自富有的犹太资产阶级家庭。他很快就巧妙地调查出来，埃德加的母亲并没有对自己在塞默林的逗留感到高兴，而是一直抱怨自己在这里没人陪。事实上，男爵甚至相信，在问到母亲是不是喜欢父亲时，埃德加犹豫不决的态度已经暴露了这个家庭并不和睦。他为自己从一个毫无戒心的男孩子那里套出这些家庭小秘密而感到羞耻，因为埃德加对此是那么自豪，他所说的东西居然引起了一位大人的兴趣，这使他更加信任眼前这位新朋友。他稚嫩的心灵因为骄傲而疯狂跳动——男爵在散步时还搂着他的肩头——在公共场合和一个大人这么亲密，使埃德加逐渐忘记了自己是个孩子，他开始毫无保留地讲述家里的一切，仿佛在他身边的是他的同龄人。正如之前的谈话所显示的那样，埃德加非常聪明，像大多数因为虚弱多病而常和成年人在一起的孩子那样，他很早熟，而且，总是奇怪地无法控制自己的激情，无论是喜爱还是敌意。他似乎不能用平静的眼光看待身边的事物;每当谈到一个人或者一件事时，他要么喜不自胜，要么恨之入骨，以至于脸蛋都不由自主地扭曲了，显得那么恶毒，那么丑陋。或许因为最近才刚刚战胜了病魔，他那如火如荼的讲述中总带着某种狂暴和跳跃，仿佛他的笨拙只是一种对自己体内那压抑不住的激情的恐惧。

男爵轻而易举就获得了他的信任。仅仅半小时，他就把那炙热不安地抽动着的心据为己有。欺骗小孩子也太容易了，因为他们天真无邪，之前从来没有人索要过他们的爱。男爵只需要短暂忘掉自己现在是谁，复习一下过去，就能轻轻松松、自然随意地模仿孩子们的聊天，以至于对方马上将他视为自己人，距离感也会在几分钟之内土崩瓦解。对男孩来说，在一个如此偏僻的地方突然找到朋友，是多么幸福，况且，这又是一个什么样的朋友啊！那些在维也纳的朋友被忘得精光，他们只是一些说话细声细气的小男孩，什么经验也没有，就会叽叽喳喳，在这脱胎换骨的一刻，这些人全被抛到了脑后！

埃德加现在的全部梦幻和热情都聚焦在这位新朋友身上，当新朋友在告别时邀请他明早再来找他时，他的心充满了自豪，新朋友从远处向他挥手致意，就像兄弟一样。这一刻也许是他一生中最美好的时刻。

欺骗孩子简直不费吹灰之力——男爵微笑着目送跑开的男孩。现在，有人能向那位女士传达他的存在了。他知道，男孩一见到母亲，马上就会一遍又一遍地讲述今天的事，直到筋疲力尽，重复每一个字直至无限——这时他得意地想起自己刚才在聊天中巧妙地编进了几句对她的恭维话，在埃德加面前，男爵几乎只说"你那美丽的妈妈"。这个健谈的男孩在把他介绍给他母亲认识之前，根本不会静下心来，这对他来说已成定局。他不需动一根手指就能拉近和那位陌生的美人的距离，现在只要望望风景、做做好梦就行了，因为他知道，一对火烧火燎的孩子的双手，会为他架起通向她心扉的桥梁。

三人行

一小时后已经可以确定，一切按计划顺利进行，每个细节都很完美。年轻的男爵走进餐厅时故意迟到了一会儿，埃德加一见到他便从椅子上跳了起来，带着幸福又热情的微笑迎接他，向他挥手致意。与此同时，他扯着母亲的袖子，语气急促又兴奋，用显眼的手势指着男爵。她尴尬得满脸通红，责骂他激动过头，却又忍不住转头看向男爵。为了顺应男孩的意思，男爵当即以此为契机恭敬地行了个礼。两人结识了。她不得不感谢男爵的好意，然而整个晚餐期间又一直低垂着头，只看着自己的盘子，避免和他有任何的目光交流。埃德加则截然不同，他不停地看向男爵，有一次甚至试图和他说话，母亲立即训斥了他，说他不成体统。

晚饭后，母亲对他说该睡觉了，他马上低声和母亲争论起来，结果是母亲在他的强烈要求下让步了，他可以走到男爵的桌前和他道别。男爵说了几句温情脉脉的话，孩子一听马上双眼放光，还和他聊了好几分钟。不过，突然间，男爵巧妙地转过身，朝邻桌站起身来，向略带困惑的母亲祝贺说她有一个那么聪明、早慧的儿子，还说后者和他一起度过了一个美妙无比的上午。埃德加站在他面前，因为喜悦和自豪而满脸通红。末了，男爵询问了男孩的健康状况，问得那么具体，那么仔细，以至于他的母亲不得不一一回答。于是他们展开了一段看似没有尽头的长谈，男孩在一旁带着敬畏的心情听着，喜不自胜。男爵自我介绍了一下，他发现，自己那响亮的名字在爱慕虚荣的母亲心里留下了一定的印象。尽管她没有谈什么关于自己的事，甚至还以照顾儿子为由早早告辞，她对待他的态度却分外殷勤和客气。

埃德加强烈抗议说自己不累，想晚点再睡觉。可是母亲已经向男爵伸出了手，男爵恭敬地吻了它一下。

埃德加那天晚上睡得很不好。幸福和孩子气的绝望在他的心里乱成一团。因为今天，他的生活中发生了前所未有的事情。他第一次涉足了成年人的世界。半梦半醒之时，他忘记了童年，觉得自己一下子长大了。直到现在为止，他都没有什么朋友，孤零零地长大，而且经常生病。尽管他非常需要关爱，但除了父母和家里的仆人之外，没人在乎他。人们总会错误地衡量爱的力量，因为他们总是太在意它的源头，却不考虑在它到来之前的那种充满张力的状态：在内心的重大事件发生之前，人总是处在一个充满失望和寂寞的黑洞里。情感在这儿遭受着重压，从未得到过释放和利用，它会张开双臂扑向第一个看似应该占有它的人。埃德加躺在黑暗中，既快乐又困惑，他想笑，可又忍不住要哭。他是多么爱今天遇到的这个人啊，哪怕身边的朋友，哪怕是父母和上帝，他都没有这么爱过。他那年轻的心中所有不成熟的激情都紧紧抓住了这个人的形象，尽管在两个小时前，他还不知道他姓甚名谁。

但他足够聪明，不会被这段出人意料、非同寻常的新友谊所困扰。令他困惑的是一种觉得自己毫无价值、什么也不是的心情。"我配得上他吗，我，一个十二岁的小男孩，一个还在上学、晚上要比其他人先睡的小孩？"他内心充满着折磨，"我在他心里算什么，我又能为他做点什么呢？"

他很丧气，因为发现无法以任何方式表达自己的感受。以往当他交了新朋友的时候，第一件要做的事总是和对方分享自己书桌上的几件小宝物，邮票啦，石头啦，净是一些孩子气的收藏，然而这些昨天对他而言还非常重要、散发着非凡绝伦的魅力的东西，此刻在他眼里一下子贬值了，显得那么可笑、可鄙。他怎么能用这种东西取悦他的新朋友，这个他甚至还一直用"您"来称呼的新朋友？究竟怎样才能洞悉他内心的真情实感呢？他越来越感到一种身为小孩子的痛苦，他那么小，那么不成熟，一个十二岁的小孩，一个半成品，他从未像此刻一样猛烈地诅咒自己还是小孩的事实，从未如此渴望醒来的时候会是另一个人，自己梦想中的那个人：一个高大健壮的男人，和其他人一样的成年人。

长大成人的新世界里第一个五彩缤纷的梦，很快就融入了这些不安的思绪之中。埃德加总算面带微笑地沉入了梦乡，然而，明天约好要见面的事一而再再而三地让他睡不安稳。早上七点，他从梦中惊醒，担心自己睡过头了。

他匆匆穿戴整齐，去隔壁房间和母亲打了个招呼，后者对他起得这么早大吃一惊，要知道平时她都是用尽了吃奶的力气才把他从被窝里拉出来的。母亲还没来得及问他什么，埃德加就冲下了楼。他在餐厅里不耐烦地四处逛来逛去，直到九点，甚至连早饭都忘了吃，一心只想着待会儿就要和男爵去散步了，决不能让这位朋友等太久。

九点半，男爵总算优哉游哉地走进了大厅。他当然早就把约会的事抛到了九霄云外，这时见到男孩兴冲冲地朝自己跑来，不得不对这巨大的热情粲然一笑，准备履行自己的承诺。他用双臂搂着男孩的肩头，和他在大厅里来回踱步，面对眼前这个两眼放光的小子，他一再温柔又坚定地解释说，现在还不能一起去散步呢。他时不时向门边投去紧张的一瞥，似乎在等待着什么。就在这时，他突然站起身。埃德加的妈妈走进门，向他们打招呼，友好地朝两人走来。听说埃德加和男爵约好了一起散步，她只是笑笑表示同意，毕竟这孩子完全没把这件事告诉她，仿佛守着什么宝物，不过一听见男爵要邀自己同行，她二话不说就答应了。

埃德加的脸色马上阴沉了下来，忍不住咬了咬嘴唇。为什么她偏要现在来，真烦！这次散步本是属于他和男爵的，之前把新朋友介绍给妈妈只是他好意为之，他可不想和任何人分享。当他注意到男爵对他母亲特别友善又特别热情时，心中激荡起一种类似嫉妒的感情。

他们仨一起出去散步，两位大人对埃德加的过分关注使他内心产生了一种危险的错觉，让他以为自己很重要，很有分量。埃德加几乎是这两个人聊天的唯一主题，母亲时不时故作忧虑地谈到他脸色苍白，做事神经质，男爵则微笑着表示反对，辩护说他这位"朋友"——他总是这样称呼埃德加——待人接物是多么友好。这是埃德加生命中最美好的时刻。他获得了自己小时候想都不敢想的权利。他可以和大人们一起聊天，而不会被训斥说不准插嘴，他甚至可以说出自己各种各样的心愿而不怕别人见怪。于是，毫不意外地，他心中一种欺骗性的幻觉蔓延了开来，觉得自己已经长大成人。在他的白日梦里，童年已被甩在身后，就像一件穿旧了之后丢掉的衣服。

男爵在母亲越来越热情的邀请下和他们一起用午餐。不再是面对面坐了，而是紧挨着坐在一起，简单的相识也随之转化成友谊。在这首三重奏中，女人、男人和孩子的声音交织在一起，清澈而悦耳。

进攻

现在，猎人已经等得不耐烦，他觉得是时候接近自己的猎物了。这出家庭闹剧、这种三重奏让他厌烦。聊天聊得是很开心，但毕竟聊天不是他的本意。而且他明白，埋藏着情欲的虚伪社交早晚会妨碍男女之间的官能享受，削弱言语的光芒，浇灭进攻的烈火。他确信，那个女人早就已经把他的目的摸透了，哪怕一起聊天的时候，她也未曾忘记。

他的努力在这个女人身上很可能会有大收获。她正处在比较困难的关键性的日子里，这时一个女人会开始后悔自己一直忠于她从未爱过的丈夫，她迟暮的美会让她迫切地面临"母亲"和"女人"之间的选择，这是最后一次机会。似乎早已得到解答的人生，在此刻又变成了一个问题，意志的磁针最后一次在情欲和认命之间摇摆不定。于是，女人会在这个关头做出最危险的决定：到底要过她自己的人生，还是她孩子的人生；到底是要做女人，还是做母亲。男爵在这种事情上目光锐利，他一下就意识到了她在生命的激情与无私的献祭之间犹豫不决，身处险境。在聊天的时候，她一句也没提到自己的丈夫，后者似乎只是解决了她一些外在的需求，却从未满足她由于长期过着附庸风雅的生活而萌生的虚荣。而且她在心底里对自己的孩子几乎一无所知。她那漆黑的眼眸里隐藏了一种百无聊赖的阴影，一种笼罩着她生命的抑郁，使得她的性感瞬间哑然失色。

男爵决定速战速决，同时又要避免鲁莽的行动。他更愿意像钓鱼的渔夫一样慢慢把钩子收回来，面对刚刚建立的友谊，他打算冷处理，装作毫不在意的样子，好让别人来向他索爱，哪怕实际上索求的人是他自己。他打算夸大自己的傲慢，强调他和她的门第之差，这个念头对他来说简直迷人不已，只要稍微夸张地表现一下自己的傲慢、自己的外表，还有自己那响亮的贵族头衔，他就能把这个美丽丰满的女性身体据为己有。

游戏已经开始，他在兴奋之余强迫自己小心行事。整个下午，他都待在自己房里，愉快地感觉到有人在渴求他，在想他。然而，他的缺席并没有引起母亲——男爵本来的猎物——的太多注意，反而是可怜的埃德加为此受尽了折磨。整个下午，他都感到无助又迷茫；他带着男孩子那倔强的忠诚等待着自己的朋友。跑出去或者独自做什么事都好像是对这份友情的冒犯，他徒劳地在走廊里转悠，心情越来越糟糕。在忐忑不安的想象中，他已经开始做白日梦了，梦到自己的朋友遭遇了一场意外，或者自己可能不小心冒犯了他，于是差点就因为焦虑和恐惧大哭起来。

晚上男爵来吃饭时受到了热烈的欢迎。埃德加跳起来迎接男爵，无视他母亲的警告和其他人的惊讶，用他瘦削的手臂猛地搂住男爵的胸膛。"您去了哪儿？您刚刚在哪儿啊？"他激动地大喊道，"我们到处找您呢。"男孩的话把自己牵扯了进去，母亲感到羞愧难当，她相当严厉地呵斥道："听话，埃德加。给我坐下！"[1]（她对儿子总是说法语，尽管说得实在不熟练，而且很容易在各种冗长的解释中迷失方向。）埃德加听她的话坐下了，然而还在不停地对男爵问长问短。"别忘了男爵先生有选择的自由。你这样或许会让他厌烦与我们做伴。"这次她说了"我们"，男爵很高兴地察觉到这句指责里头实际上隐藏着对他的奉承。

他身上的猎人本性觉醒了。没想到这么快就已经找对了路子，他陶醉又兴奋，觉得马上就要扣下扳机了。他双眼放光，血液在血管中畅快地流淌着，也不知怎的，他突然口若悬河起来。正如任何情欲强烈的人，当他意识到自己成功取悦了身边的女人时，马上就比先前更游刃有余，更接近真实的自我，就像某些演员只有观众在场的时候，只有见到活生生的人仿佛中了魔咒一般陶醉于自己的表演时才能演得更精彩。

男爵一直是个讲故事的好手，天生擅长栩栩如生地描述，但今天——为纪念交了新朋友而点的几杯香槟下肚后——他超越了自己。他讲述了印第安人的狩猎，作

---

1 原文为法语。

为一位英国贵族的好友，他有幸参与了其中的一场。这个故事选得非常巧妙，一方面，这是个无关紧要的话题，可是另一方面，它自带异国情调，向在座的人展示了某种触不可及的事物，从而使得眼前这个女人心神荡漾。然而，这个故事真正迷住的是埃德加，他忘记了吃喝，两眼充满激情，目光无法从男爵正在讲故事的双唇上移开。他在书里读到过很多可怕的故事——狩猎老虎，棕色人种，印度教徒，以及碾死了一千多人的转轮王¹的恐怖车轮——却从来没有奢望认识一个在现实世界中经历了这些事的人。直到现在，他都没想过真有这样的人存在，更不相信童话里描述的世界，此时此刻，他的内心第一次爆发出一种奇特的感情。他无法将目光从他的朋友身上移开，定定地看着他那只杀死过老虎的手，大气也不敢出。他几乎不敢提什么问题，说话的声音异常激动，仿佛在发着高烧。他敏捷的想象力总能勾勒出故事里的画面，他看到自己的朋友高高地骑在披着紫鞍的大象身上，两边是戴着贵重头巾的棕色人，然后他突然看到老虎从丛林中跃出，张牙舞爪，差点就要碰到大象的鼻子了。现在男爵开始讲述更有意思的东西，关于当地人如何诱捕大象。他们用年长的、早已驯养好的大象作

----

1 转轮王：古印度神话中的"圣王"，手持轮宝。

为诱饵，把那些年轻、野性、意气风发的大象引到棚子里。男孩一听，眼睛好像喷火一样烧了起来。就在这时——这对他来说好像眼前落下一把亮晃晃的刀子——妈妈看了一眼手表，对他说："九点了！该睡了！"[1]

埃德加震惊得脸色惨白。对所有孩子来说，上床睡觉是可怕的字眼，因为对他们来说，这不啻在大人的面前被公开羞辱，叫他们上床睡觉就相当于宣布他们还小，还不能像大人一样晚些睡觉，这是小孩子专属的耻辱之烙印。男爵刚刚讲到最有趣的地方，这时他被命令上床睡觉该是何等的羞辱，一旦从命了就等于错过后面那些闻所未闻的精彩细节。

"还有一点，妈妈，关于大象的事，让我听完这一段！"

他本想开始摇尾乞怜，但很快就想起了自己已经是个大人，有了新的尊严。于是他只敢求她一次。可是母亲今天格外严厉："不行，已经晚了。给我上楼去，听话[2]，埃德加。睡醒之后我会把男爵先生的故事都讲给你听的。"

埃德加犹豫了。以往，妈妈总是陪着他睡觉。但他不想在朋友面前乞求。他那幼稚的自尊心想要从这种可

---

1 原文为法语。
2 原文为法语。

悲的退场中表现出最后一丝自己的意志。

"可是妈妈，你要说话算话，待会儿要告诉我一切，一切！关于大象和其他的一切！"

"我会的，孩子。"

"马上就告诉我！就今天！"

"好好好，现在睡觉去吧。快点！"

此刻，埃德加很佩服自己，尽管喉咙已经哽咽，他还是努力地与男爵和妈妈握手道晚安，脸不红色不改。男爵友好地对他点了点头，埃德加见状，好不容易才从紧绷的脸上挤出一丝微笑。可是他必须赶紧跑到门口，要不然他们就会看到豆大的泪珠从他的脸上滚落下来。

大象

母亲和男爵还在桌旁待了一会儿，可是他们不再说什么大象和打猎的事儿了。男孩离开之后，他们的谈话里隐约透出一丝暧昧，很快便陷入尴尬。末了，他们走进大厅，坐在角落里。男爵比以往任何时候都要耀眼，母亲则被几杯香槟搞得情迷意乱，两人的谈话很快就变得亲密热烈。

男爵说不上英俊，他只是年轻，黝黑的肤色、充满活力的小男生一样的脸，还有剃得短短的头发，这一切使他格外阳刚，此外他举止清爽大方，甚至有点调皮，这让她很是开心。她此刻只想近距离看着他，不再害怕他的目光。可渐渐地，他说话的语气透露出一种胆大妄为，这使她迷惑，听他说话的感觉好像被他一把抓住又放走，某种不可言喻的情欲使她兴奋得面红耳赤。可马上，他又莞尔一笑，神色放松下来，充满孩子气，之前那些打情骂俏一下子变得像幼稚的笑话一般稀疏平常。有时她觉得，自己应该狠狠地拒他于千里之外才是，然而她本性风骚，他那些调情的小伎俩只会让她更加兴奋。最后，她被这个任性的游戏冲昏了头脑，居然入戏了。她凝视着他的眼睛，飘飘然地给他一点小小的承诺，无论是说话还是肢体动作都完全不受控制了，哪怕他凑过身来也毫不抵抗。随着他声音的贴近，她感到他的双唇在她的肩头暖暖地吹着气。正如每个赌徒一样，他们在火烧火燎的谈话中忘记了时间，完全迷失了自我，直到午夜来临，大厅开始变暗时才猛地惊醒过来。

在最初的惊恐驱使下，她一下子站起身来，突然发现自己做得过分了。平日里她虽然也会和身边的人调情，可现在她已经本能地感觉到这场游戏可能是来真的了。她惊恐地发现自己的内心已经不再安稳，她体内有什么东西正开始滑向一个可怕的漩涡。一切都在恐惧、酒精和炽热话语的漩涡中涌动，一种愚蠢的、毫无意义的恐惧压倒了她，尽管她一生中经历了各种危难的时刻，对这种恐惧也很熟悉，可是这般头晕目眩还是头一回。

"晚安，晚安。明早见。"她匆匆忙忙地说道，然后想要逃跑。与其说是为了摆脱男爵，还不如说是为了逃脱那危险的一刻，逃离自己内心一种前所未有的不安全感。然而，男爵没有放过告别的机会，他轻柔却不乏力量地亲吻她的手背，不是礼貌地亲一下，而是亲了四五次。他的双唇颤抖着从她纤细的指尖一直亲到手腕，粗糙的胡须在她手背上摩擦，这些她都感觉到了，全身禁不住轻轻战栗起来。一股温暖又压抑的感觉随着鲜血在她的体内蔓延，恐惧像热流一样涌了上来，咚咚咚地冲击着她的太阳穴，灼烧着她的大脑，这恐惧，这毫无意义的恐惧使她全身颤抖，她连忙把手从他唇下抽了回来。

"再待一会儿。"男爵呢喃道。可她已经匆匆忙忙地离开了，这恰恰暴露了她内心的恐惧和迷茫。她现在那么兴奋，正中对方下怀，她感到自己心里各种思绪乱成了一团。一种残酷、灼热的恐惧追赶着她，她害怕身后的男人会跟上她，抓住她，但在逃跑的同时，她又感到遗憾，因为他并没有追上来。在这一刻，她不知不觉地渴望了多年的事情终于发生了，她渴望一场冒险，渴望在冒险中极致地享受每一丝情欲的气息，而不仅仅是短暂地、试探性地调调情。只是，男爵太自满了，没有把握好这一有利的时机。他觉得自己稳操胜券，不想在这女人喝醉之后乘虚而入占有她，恰恰相反，他是一个有原则的玩家，不喜欢偷袭，只想对手在意识清醒的时候向他献身。她逃不掉的。他注意到她的身子一直在颤抖，灼热的毒素已经注入她的血管了。

她在楼梯顶端停了下来，把手按在剧烈跳动的心脏上。她得缓一缓。她的神经受不住了。她的胸口发出一声长长的叹息，半是庆幸自己脱离了险境，半是遗憾；所有事都乱成一团，在她血液里只留下一种微微眩晕的感觉。她半闭着眼睛，像个醉汉一样走到门口，握着冰凉的门把手，松了口气。现在，她总算觉得自己安全了！

她轻轻地推开门走进房间，可是下一秒马上被吓得缩了回去。房间里有什么东西在动，在黑暗中后退。她原本就紧张的神经猛地一抽，正想大声呼救，却听到里面传来了充满睡意的声音：

"是你吗，妈妈？"

"看在上帝的分上，你在那儿干什么？"她的第一个想法是，这孩子又生病了，或是需要什么帮助。

然而，困乏不已的埃德加只是带着轻微的责备对母亲说："我等了你好久，然后就睡着了。"

"为什么等我？"

"为了大象。"

"什么大象？"

她现在才明白过来。她曾向孩子保证，今天会给他讲那个关于狩猎和冒险的故事。然后这孩子便偷偷溜进了她的房间，这个头脑简单、幼稚可笑的孩子，一直都在静静地等着她回来，然后不知不觉就睡着了。想到他这次做得那么夸张，母亲不禁怒火中烧。实际上，她可能只是生自己的气；内疚和羞耻在心里呢喃着，她差点忍不住大叫出声。"现在马上给我去睡觉，你这个捣蛋的傻孩子。"她冲他喊道。埃德加一脸惊愕。为什么她朝他发火？他可是什么都没做。可他的震惊让本来就激动的母亲更加恼火了。"马上回你自己的房间。"她怒吼，因为意识到自己刚才对他做了件错事。埃德加于是一言不发地离开了她的房间。他太累了，在极度困倦中只是昏昏沉沉地感觉到，母亲没有兑现她的承诺，不知怎的对他态度恶劣。可是他并没有反抗。因为困倦，他身上的任何冲动都偃旗息鼓了；接着他又很生自己的气，因为竟然在这里睡着了，而不是醒着等妈妈回来。"完全就是个小屁孩。"他入睡前，愤愤不平地自言自语道。

因为，从昨天开始，他就痛恨自己的童年。

交火

男爵昨晚睡得不好。一次冒险中断后上床睡觉是很危险的：这个夜晚很不安宁，充满了各种暧昧的梦境。他睡着睡着就开始后悔自己刚才没有把握好时机。

清晨，当他睡眼惺忪、心烦意乱地下楼时，男孩突然从一个角落里跳出来，热情地拥抱了他，连珠炮似的问他各种各样的问题。他很高兴还能独占男爵一分钟，不用和妈妈分享。他缠着他说，以后一定只把故事讲给他听，不要讲给妈妈听，因为妈妈昨晚说话不算话，没把最棒的故事讲给他听。埃德加用几百种幼稚的问题折磨男爵，后者心情本来就差，被这么一吓更是倍感不快，只能极力掩饰自己的情绪。这些问题中混杂着埃德加那暴风雨般的爱的明证，他已经想了大半天这个男人，而且从清晨开始就一直等着他下楼，此刻自然很开心能和他独处一会儿。

男爵一一回答了他的问题，口气粗鲁。总是在什么地方伏击的小毛孩，荒谬透顶的问题，还有那谁也不稀罕的热情，这些让他心生厌烦。他厌倦了日复一日地和一个十二岁的男孩一起胡侃。此刻，他只想快刀斩乱麻，争取和那个女人独处，可这孩子老是跟着他，给他添乱。原本他只是随便应付他一下，没料到真的激起了他内心的热情，一想到这里，男爵就觉得反感，因为他暂时找不到摆脱这个缠人精的办法。

不过，试总是要试一下的。他答应十点钟和埃德加的母亲一起去散步，在这之前，他就把男孩的喋喋不休当成耳边风，只顾着翻阅手中的报纸，时不时地回几个字，只是为了不让他感到冒犯。终于，时钟的分针指向了十二，他像是突然想起来似的要埃德加帮他跑个腿，去另一家旅馆前台问问他的堂兄格伦德海姆伯爵到了没有。

这个天真无邪的孩子很高兴终于可以为自己的朋友做点什么了，也为男爵让他传话而自豪不已，于是马上跳将起来，疯狂地往外冲去，把身边的人都吓得目瞪口呆。他一心只想向别人证明自己是个多么快捷的信使。那位伯爵还没到，不仅如此，前台对他说，这个人到目前为止甚至还没登记。他风驰电掣地把这个消息带回自己的旅馆。可是，男爵已经不在大厅里了。于是他去敲他的房门——没有回应！他忐忑不安地跑遍了所有的房间，包括音乐室和咖啡馆，还激动地冲到妈妈的房间里向她打听，可是连她也不在了。最终他只能绝望地求助门房，得到了一个令人震惊的消息：母亲和男爵几分钟前就一起离开了！

埃德加耐心地等待着。他太纯洁了，以至于无法从男爵的行为中揣测出什么恶意。他们肯定很快就回来了，他很确定，因为男爵等着他带回来的消息呢。然而，时间一分一秒地过去，他内心越来越烦躁。自从这个充满诱惑的陌生男人踏进他天真无邪的生命里的第一天起，他就处于一种精神紧绷、仓促又迷惘的状态中。在他那孩子的精细的机体结构里，每一缕激情都会留下痕迹，仿佛被刻写的是柔软的蜡。他的眼皮又开始颤抖个不停，脸色苍白得像死人一样。他等了又等，一开始还很耐心，后面越来越不安，最后几乎要哭出声来了。可是他依旧没有怀疑男爵。他是那么盲目地相信这位卓越的朋友，宁愿相信这些都是误会，一种模糊的恐惧折磨着他，他担心自己刚刚可能听错了男爵的指示。

然而，奇怪的是，他们两个居然回来了，还兴高采烈地聊着天，见到埃德加在等他们，没有表现出丝毫的惊讶。他们似乎没有太想念他。"我们朝着你刚刚离开的方向出发了，还以为能在半路碰见你呢，埃迪[1]。"男爵解释说，提都没提刚刚交代的任务。男孩听了之后大惊失色，以为他们刚才一直在找他，于是连忙解释说，自己刚才可是沿着大路直走的，还问他们俩走的是哪个方向。这时妈妈打断了他："现在不是没事了吗！小孩子话那么多干吗？"

埃德加气得涨红了脸。这是母亲第二次如此卑鄙地想在他的朋友面前贬低他。她为什么要那样做？为什么

---

1 埃迪：埃德加的昵称。

她总是试图把他描述成一个孩子，尽管——他确信——自己根本就不再是孩子了？很明显，她嫉妒他，她想把他的新朋友抢过去。没错，今天肯定是她故意把男爵引到了另一条路上。可他是不会任由她虐待的，他要让她知道这一点，他要反抗。埃德加决定今天吃饭的时候不和她说话，只和自己的新朋友说话。

可是这对他来说太难了。他完全没有料到的情况发生了：根本没有人注意到他的反抗。是的，他们两个连看都没看他一眼，哪怕他昨天还是这两人聊天的焦点！他们聊天时完全跳过了他，有说有笑，仿佛他本人已经在桌底下沉没了。血涌上他的脸颊，他觉得自己喉咙里仿佛卡了一个肿块，呼吸都费劲儿。他浑身颤抖地意识到自己对眼前所发生的一切无能为力。他难道真的只能定定地坐在这里，眼睁睁看着妈妈把他唯一所爱的朋友夺走吗？他连为自己辩护的力量都没有吗，只能一味保持沉默？他觉得自己马上就要站起身来，双手握拳猛地敲桌子了，只为了让他们两个注意到他的存在。然而最后他只是紧紧地缩成一团，放下刀叉，动也没动眼前的饭菜。可是，这两个人过了很久也没注意到他顽固地不想吃饭；只是在上最后一道菜的时候，母亲才察觉到，于是问他是不是身体不舒服。真恶心，他心想，她脑子里永远只有这个理由，那就是我是不是又病了，其他的事她想都懒得想。他简单地抛下一句，说自己没什么胃口，母亲对这个理由很是满意。没有任何办法可以让她注意自己。男爵仿佛也把他抛到了九霄云外，连一句话都没和他讲过。他觉得眼睛里一热，不得不马上动用小孩子独有的把戏，飞快地把餐巾纸拿起来擦了擦脸，否则大家就会看到泪水从他脸颊上流下，咸咸地沾湿他的嘴唇。这顿饭吃完后，他才松了一口气。

吃晚饭的时候，母亲建议可以一起坐车去玛利亚－舒茨游玩。埃德加听后咬了咬嘴唇。所以，她真的是一分钟都不愿意看到他和他的新朋友独处啰。这时，母亲站起身对他说："埃德加，学校里学的东西你快忘得差不多了吧，那就在这好好待着，学习学习！"他像小孩子一样捏紧了拳头。她总想在朋友面前羞辱他，总是在大庭广众下提醒他还是个孩子，还要上学，他之所以能和大人们在一起只是因为他们额外开恩。可是这一次，她的目的也太明显了。他没有回答，只是转过了身。

"啊哈，又闹别扭了。"她笑着说，然后对男爵说道，"学习一小时对他来说就这么难受吗？"

这时，埃德加的心一下子凉了下来，僵硬而无力。男爵回话道："嗯，学一两个小时又不会怎么样。"偏偏是男爵说了这样的话，那个称他为朋友的男爵，那个笑他整天像老学究一样待在屋子里的男爵。

这两个人是约好了的吗？他和她站在同一阵线上？

孩子的眼中闪过一股怒火。"可是，爸爸送我来这里可不是为了让我学习，而是为了让我好好休养的。"他带着对自己的病情的全部骄傲抛出这句话，绝望地抱住"爸爸"这个词，死守着他的权威。这句话听起来就像威胁。奇怪的是，此话一出，好像真的引起了眼前那两个人的不适。母亲移开视线，紧张地用指关节敲打着桌子。他们之间陷入了尴尬的沉默。"你爱怎么想就怎么想吧，埃迪，"男爵最后勉强笑着说，"反正要考试的人不是我，我老早以前的考试统统考砸了。"

可是埃德加并没有被这个玩笑逗乐。他只是用一种审视的、仿佛要看穿一切的目光注视着他，仿佛要触及他的灵魂。究竟发生了什么事？他们之间的关系发生了一点变化，可到底是什么，男孩又说不上来。他的眼睛不安地环顾着四周。在他的心中仿佛有一把小锤子在急促地敲打，这时他才对男爵产生了怀疑。

秘密燎人

"他们到底为什么和以前不一样了？"在辘辘前行的马车上，坐在男爵和母亲对面的埃德加此时思索着，"为什么他们对我的态度全变了？为什么妈妈在我看她的时候总是避开我的目光？为什么他在我面前老是开玩笑，扮小丑？他们昨天和前天对我说话时根本不是这样的，我几乎觉得眼前这两个不是他们本人了。妈妈今天嘴唇这么红，肯定是涂了口红。我从来没见她这样打扮过。而他呢，老是皱着眉头，好像被冒犯了那样。我又没对他们做什么，我是不是说过惹他们生气的话？不，肯定不是因为我，因为他们彼此之间的态度也变了。他们好像做了什么坏事，憋在心里不敢说。他们聊天的方式也不同了，很紧张，笑都不笑，肯定在隐瞒着什么。他们之间有不可告人的秘密。我无论怎样都要知道这个秘密。我知道，这肯定和书里写的、戏里演的那种东西差不多，一个男人和一个女人，他们互相对唱，投入彼此的怀抱，接着又猛地分开。不知怎的，我觉得这件事肯定和我以前那位法语家庭女教师的事差不多，爸爸和她处得那么糟糕，最后还把她给送走了。所以这些事都是有关系的，我能感觉到，只是不知道具体是什么关系。啊，我一定要知道这个秘密，我一定要对它了如指掌，这个秘密就是打开所有大门的钥匙，有了它我就可以变成大人了，因为小孩子总是被瞒着什么，大家都只想着把他们支开，对他们扯谎。我要知道，要么现在，要么永不！我要从他们那里挖出这个可怕的秘密。"

他的额头上冒出一道皱纹；瘦削的十二岁男孩儿看

着一下子就老了，他是那么认真地思考着这一切，以至于对窗外的风景视若无睹，哪怕此时四处草长莺飞，五彩斑斓，群山浸染在针叶林那如洗的翠绿中，山谷被迟来的春日那柔和的光影所环抱。他时不时地看着对面车后座上的两人，仿佛要用灼热的目光像鱼钩一样从他们那波光闪烁的眼眸深处钓出全部的秘密。没有什么比强烈的怀疑更能磨炼心智，没有什么比一条通往暗处的小径更能开发尚未成熟的智力的全部可能性。有时，将孩子与我们所说的真实世界隔开的只是一扇薄薄的门，一阵意外的微风就能把它吹开。

埃德加突然感受到了这个未知的、巨大的秘密，它比以往任何时候都更触手可及，虽然目前还无法破解这个尘封的秘密，可是他知道它就在近处，非常近。这让他很激动，也使他在行事的时候突然认真得几近庄严。在潜意识里，他已经感觉到，自己就在童年的边界。

对面的两个人都感觉到前面有某种沉沉的阻力，却没意识到那是来自埃德加。三人在车厢里感觉特别拘谨和局促。眼前这个男孩在黑暗中像炭火一样闪光的两只眼睛绑住了他们的手脚。他们几乎不敢开口说话，也不敢看着对方。他们之前说了太多热辣亲密的话，太沉迷于冒险调情和小偷小摸的肉体挑逗，已经回不到之前那种轻松自如地拉家常的状态了。他们的对话总是卡壳，有头没尾，说说停停之余还要被男孩那钢铁般的沉默打断。

他顽固的沉默对他母亲而言尤其是一种负担。她在一旁仔细地打量着他，吃惊地发现男孩紧紧地抿住嘴唇的样子和她丈夫生气或恼怒时简直一模一样，自己以前居然从未察觉到。她感到不适，怎么偏偏在和别人玩猫捉老鼠的调情游戏之时想到了丈夫。在她眼里，这孩子就像一个幽灵，一个良心守护者，在这狭窄的车厢里让人更加难以忍受，就在十英寸以外，他那黑色的大眼睛正在打量她，那苍白的额头后面正在细细考察面前的一切。埃德加突然抬起头来看着她，两人同时垂下了眼帘。他们感觉到，这是平生第一次监视对方的一举一动。之前，母子俩之间一直盲目信任，现在她与他之间却发生了一些变化。他们第一次开始互相观察，两个不同的命运被分开了。两人都悄悄地憎恨着对方，只是这种仇恨对他们而言还太新，所以没人敢承认。

马车再次停在旅馆门前时，三个人都长呼一口气。这次出行真是糟糕透顶，虽然每个人都感受到了，可没有人敢说出来。埃德加最先跳下车，他的母亲以头痛为由匆匆告辞，说是累了，想自己一个人待着。埃德加和男爵留在后面。男爵付了马车的钱，看了看表，然后大步朝大厅走去，对身边的男孩视而不见。他从埃德加身边走过，那纤细颀长的后背和潇洒轻快的步子昨天还让男孩着迷，让他想去模仿。男爵就这样从一边走了过去。显然，他忘了还有埃德加，后者被晾在马和马车夫旁边，仿佛根本不是他认识的人。

埃德加看着男爵从他身边离开，心中仿佛有什么东西被撕成了两半。一直以来，无论发生了什么事，他始终像崇拜偶像一样爱着他。可是现在，他就这样走了过去，衣服都没擦到他一下，没有跟他说一句话，哪怕男孩根本就不知道自己犯了什么错。努力维持的镇静被一下子撕裂了，像大人一样做事的尊严本来重重地压在他瘦削的肩头，此刻也被卸下，他重新变成了一个小孩子，和昨天、和以前一样渺小而卑微。他不由自主地往前冲去，颤颤巍巍地跟在男爵身后，然后一下子挡住他的去路，强忍着泪水，几乎喘不过气来地对他说：

"我到底做错了什么？您为什么不再理我了？为什么您现在要这样对我，又这样对我的妈妈？为什么您总是把我支开？是我烦着您了吗，还是说我做了什么事让您不高兴？"

男爵吓了一跳。埃德加说话的声音让他困惑，可同时又软化了他的心。他不禁同情起眼前这个孩子来。"埃迪，你真是个小傻瓜！我只是今天心情不太好。你是一个可爱的小伙子，我又怎会不喜欢呢？"他边说边摇摇头，却把脸转向一边，为了不看孩子那充满渴求的、瞪得大大的、被泪水沾湿的双眼。这场自导自演的喜剧开始让他难堪。他居然这么厚颜无耻地玩弄一个小孩子的感情，他那尖细的嗓音和仿佛从地底深处传来的抽泣声让他心疼。"现在上楼去吧，埃迪，我们今晚会和好如初的，相信我。"他安慰道。

"但你不会让妈妈送我回自己的房间，对不对？"

"不不不，埃迪，怎么会呢？"男爵笑着说，"你先上去吧，我要换件衣服吃晚饭了。"

埃德加离开了，心里闪过一阵喜悦。然而，那把锤子很快又在他心里敲打起来。他已经不是昨天的他了，他一夜之间就长大了几岁；怀疑，就像一个陌生的房客一样，进驻了他那稚嫩的胸膛。

他等着。这是一场决定性的考验。他们三个一起在桌子前就座。已经九点了，可是母亲没有送他去睡觉。他开始坐立不安起来。平时对睡觉时间锱铢必较的她，今天为什么允许他待这么久？是因为男爵背叛了他，把刚才的谈话和他的心愿告诉了母亲吗？突然间，他对刚才那么充满信任地追在男爵身后感到深深的悔恨。十点了，母亲起身向男爵道别。奇怪的是，男爵对母亲这么早就告辞丝毫不惊讶，甚至没有像往常一样挽留她。疑虑的锤子在孩子的胸膛里敲得越来越响了。

最严酷的试验现在才开始。埃德加不顶嘴，装作毫无戒心的样子和母亲一起走到大厅门口。这时他突然睁大了眼睛。他看到了，就在那转身离开的一瞬间，母亲越过他的头看着男爵，用一个微笑的眼神和他悄悄示意。那是一个心照不宣的眼神，一个密谋的眼神。所以，男爵真的背叛了他：今天好好哄你一下，明天你就不会来碍手碍脚了。

"混蛋。"他喃喃自语。

"你说什么？"母亲问道。

"没什么。"他咬牙切齿地说。从今天开始，他也有自己的秘密了。这个秘密名叫恨，对他们两人无边无际的恨。

沉默

埃德加的不安现在已经烟消云散。他终于享受到了一种纯粹又清晰的感觉：那是仇恨，还有无须遮掩的敌意。既然他肯定会妨碍他们，那么和他们在一起对他来说就意味着一种残酷又说不清道不明的乐趣。一想到自己可以扰乱他们的行动，他就陶醉不已，巴不得马上集中所有的敌意来对付他们。他先给男爵来了个下马威。早上，男爵一从房间下来便热情地问候道："早安，埃迪。"埃德加坐在扶手椅上，嘴里嘟囔着什么，头也没抬，只是生硬地回了一句"早"。"你妈妈在楼下吗？"埃德加依然低头看着报纸："不知道呢。"

男爵顿了一下。发生了什么事？"昨晚失眠了吗，埃迪？"他觉得和往常一样，说说笑笑应该会有所帮助。然而埃德加只是轻蔑地回了一句"没"，接着又重新埋头在报纸堆里。"蠢小子。"男爵自言自语道，耸耸肩，继续往前走。敌意已经昭然若揭。

面对母亲，埃德加礼貌又冷静。母亲笨拙地试着叫他去打打网球，结果被冷冷地拒绝了。他嘴唇微微上扬，像是要微笑，可那皱起来的嘴角又带着一丝恼怒，表明他已经不再允许自己上当受骗了。"我更想和你们俩一起散步，妈妈。"他假装友好地说道，边说边看向她的眼睛。她显然没准备好回答，于是犹豫了一下，似乎在思索什么。"在这儿等我一会儿。"最终她打定了主意，去吃早饭。

埃德加等着。他的不信任时刻活跃着。一种不安定的本能使他在这两个人说话的字里行间都嗅到了一种秘密的敌意。怀疑的心现在在他做决定的关头能赋予他一种奇特的洞察力。埃德加没有按照母亲的指示在大厅里等待，而是走到主干道上，在那里，他不仅可以监视旅馆的主入口，还能把所有的门尽收眼底。他身上的什么东西告诉他，他被骗了。可是他们休想逃出他的手掌心。

在大道那边，他学那些关于印第安人的书里描写的那样，躲在一堆木桩后面。半小时过后，他得意地笑了起来，母亲果然从侧门走了出来，手里拿着一束绚丽的玫瑰，后面跟着男爵，那个叛徒。

这两人看起来心情大好。他们是不是以为摆脱了他，守住了那个秘密，所以松了一口气？他们谈笑风生，准备沿着林间小路走。

是时候了。埃德加假装优哉游哉地散着步，仿佛不经意一样从木堆后面踱了出来。他异常平静地走到两个人跟前，不紧不慢地欣赏他们惊慌失措的样子。男爵和母亲吓坏了，交换了一个震惊的眼神。男孩慢慢走上前来，仿佛这次碰面理所当然，一秒钟也没把嘲讽的目光从他们身上移开。"啊呀，你来了，埃迪，我们刚才一直在旅馆里找你来着。"妈妈总算开口说了一句话。这谎撒得真无耻，男孩心想。然而他的嘴唇动也没动。他把仇恨的秘密深深地藏在咬得紧紧的牙齿后面。

三个人在周边徘徊不定地走来走去，彼此留神着对方的表情。"快走吧。"母亲恼火又无奈地说道，边说边扯下一朵玫瑰，翕动不已的鼻翼暴露了她的愤怒。埃德加走走停停，不时抬头看天，仿佛事不关己，等他们走远一点的时候，又飞快地跑步跟上。男爵最后放手一搏："今天有网球比赛喔，你以前看过吗？"埃德加只是轻蔑地看着他。他一字不说，只是抿了抿唇，像是要吹口哨，那便是他的回答。他的仇恨表露无遗。

不请自来的埃德加像大山一样压在这两个人身上。他们像囚犯一样捏紧了拳头往前走，后面跟着监狱守卫。虽然男孩什么也没做，他们却越来越受不了，觉得度日如年——他那窥视的目光，被倔强的泪水打湿的双眼，还有那压抑着怒火的怏怏不乐的样子，简直拒人于千里之外。"你倒是快走呀，"母亲突然生气地说，被他那没完没了的窥视激怒了，"别老在我身边晃来晃去的，搞得我精神紧张！"埃德加听从了，然而没过几分钟就转过身，站定等着他们赶上来，他的目光就像猎犬或者魔鬼，紧紧地绕着他们转，织起一张火热的仇恨之网，随时等着把他们拖进网中，两人感到自己已经无法逃脱。

他恼怒的沉默像强酸一样腐蚀了他们的好心情，他的目光荼毒了他们每一句刚到嘴边的话。男爵一句调情的话也不敢说，他恼火地察觉到这个女人正逐渐脱离自己的掌控，难得煽动起来的情欲现在居然因为害怕眼前这个缠人的、令人反胃的小鬼而冷却下来了。他们总试着重新开始对话，可说不了半句就没有下文了。最终，他们三人只能默默地返回，除了树叶飒飒作响的声音和自己那闷闷不乐的脚步声，什么也没听见。这个孩子扼杀了他们的对话。

此刻，三个人心中都充满了敌意。被背叛的孩子津津有味地感觉到，这两个人的怒火是怎么毫无防备地积聚起来对抗他那被无视的存在的。他不时眨眨眼，用轻蔑的眼神扫过男爵那愤懑的面孔。他看到男爵怎么咬牙切齿地忍住不说脏话，巴不得下一秒就疯狂地咒骂他，同时又带着恶毒的快乐注意到母亲的怒火不断上升，他俩都渴望找个理由向他扑来，把他赶走或者将他无害化。可是埃德加没有给他们任何机会，因为他的仇恨是那么深思熟虑，没有任何空子可以钻。

　　"我们回去吧！"妈妈突然说道。她觉得自己马上就要受不了了，必须做点什么，否则就会在这样的煎熬下大叫出声。"好可惜，"埃德加平静地回答，"风景那么美。"

　　两人都注意到孩子在嘲笑他们，可又什么都不敢说，这小暴君这两天来学会了太多东西，控制自己的言行完全不在话下。他一脸冷峻，丝毫不暴露出自己那尖锐的讽刺。于是，两人只能一言不发，走了一段长路才回到旅馆。当只有埃德加和母亲两人待在房间里时，母亲心中的怒火还没消退。她生气地将阳伞和手套一把扔掉。埃德加注意到她现在精神紧张，想要发泄。可是他偏偏想看她失态，于是故意留在房间里不走，以此激怒她。母亲来回踱步，站起来又坐下去，不断用指关节敲击着桌面，然后又跳将起来："你怎么这么邋遢，你又去哪里逛了，把自己搞得蓬头垢面！你就会让我在别人面前丢脸。都这么大了，不害臊吗？”

男孩没有回答，默默地走到一边梳头。那种沉默，那种固执、冰冷的沉默，还有那唇边轻蔑的微笑，让她抓狂。她巴不得狠狠地揍他一顿。“回你自己的房间！”她冲他大吼。她再也受不了他了。埃德加微笑着离开了母亲的房间。

他们两个，男爵和母亲，在他面前是多么害怕，害怕得发抖，他们害怕每分每秒的共处，害怕他的目光，那无情的铁爪！他们越是觉得不舒服，他的眼神就越是满意，他的幸灾乐祸就越是咄咄逼人。埃德加现在用孩童的那种野兽般的残忍来折磨眼前这两个手无寸铁的人。男爵还能勉强克制住自己的怒火，毕竟他还奢望着能对男孩耍耍花招，实现自己的目的。然而，母亲却逐渐失控。她不停地对埃德加大喊大叫，仿佛这样可以获得一时半会儿的解脱。“你又在玩什么叉子，”她在吃饭的时候对他厉声喝道，“你这个没教养的蠢货，根本就不配和大人坐在一起。”埃德加听了只是保持微笑，边笑边把头转过去。他知道母亲吼他只是出于绝望，见到母亲这样暴露自己的无助，他很得意。他现在平静得就像个医生。之前，他可能还会搞点恶作剧来惹恼母亲，可是现在，他学会了新的招数，人在仇恨当中总是进步神速。他只是保持沉默，沉默又沉默，直到她在沉默的压力下放声尖叫。

母亲再也受不了了。当她吃完饭站起身，埃德加又理所当然一样跟在他们后面的时候，她爆发了。她把所有的深思熟虑忘得一干二净，一口把真相吐了出来。他偷偷地跟在她身边折磨她，她就像一匹被苍蝇叮咬的马一样垮了下去。"你老像个三岁小孩子一样跟着我干什么？我不想再被你粘着了。小孩子是小孩子，大人是大人。你给我记好了！你就不能自己待一个小时吗！读点什么东西，做你自己想做的事。别来烦我！你整天在我身边走来走去，让我神经紧张。不要整天在我面前黑着脸，我看了想吐！"

他终于逼她说出来了，终于！埃德加微笑着，男爵和母亲这时尴尬得无地自容。她转过头去，想说些补救的话。她很是生自己的气，刚才在儿子的面前居然坦白说自己受不了他。但是埃德加只是冷冷地回答说："爸爸把我送到这里不是为了让我自己一个人待着。他要我向他保证，会万事小心，而且一直和你住在一起。"

他特别强调了"爸爸"这个词，因为他之前就注意到，这个字眼一出，男爵和妈妈就仿佛被麻醉了一样。所以，这个火烧火燎的秘密里面，他爸爸也有份。爸爸一定暗暗支配着这两个人，因为一提到他的名字他们就害怕，就不自在。这一次，他们也哑口无言。三人之间剑拔弩张。母亲走在最前面，男爵陪着她。跟在身后的是埃德加，然而不像谦卑的仆人，更像一个看守，强硬、严厉、冷酷。他手中握着那条束缚着他俩的无法砍断的锁链。仇恨强化了他原本幼稚的力量；一无所知的他，比那两个被秘密所束缚的人更强大。

说谎者

可是时间已经不多了，男爵再过几天就要离开，必须好好利用最后的机会。他们觉得反抗这个爱赌气又固执的孩子是没有用的，于是只能采取最后的，也是最可耻的办法：逃跑。哪怕能摆脱他的暴政一两小时也好。

"帮我把这些挂号信送去邮局。"母亲对埃德加说。他们两个正站在大厅里，男爵在外面和一辆出租马车的车夫说话。

埃德加满腹疑虑地接过这两封信。他注意到，之前有个仆人向他母亲传达了一些信息。他们两个是不是一起策划着什么对付他的阴谋？

他犹豫了一下。"那你在哪里等我？"

"就在这里。"

"真的吗？"

"当然。"

"你别走啊！所以你会在大厅里等我回来吗？"

埃德加感受到一种优越感，他对母亲说话时已经俨然一位司令官。与前天相比，他们的关系发生了很大的变化。

接着他便拿着两封信离开了。在门口他遇到了男爵。这是两天以来他第一次和男爵说话：

"我只是去寄信。妈妈在大厅里等我回来。也请您别提前离开。"

男爵飞快地从他身边挤过去。"好的，好的，我们会等你。"

埃德加冲向邮局。他排了很久的队。在他前面的一位先生向邮局职员提了十几个无聊的问题。好不容易他才完成了任务带着回执回来，却刚好碰见母亲和男爵坐着马车离开了旅馆。

他气得目瞪口呆。他差点就弯下腰来捡石头朝他们的马车扔去。所以，他们终究还是摆脱了他，却是通过卑鄙无耻的谎言！虽然他昨天开始就知道母亲在扯谎，可是，她居然这么无耻，当着大家的面，无视对他的承诺，这打碎了埃德加对她的最后信任。尽管还没看透人生的全部，可是埃德加已经明白，人们所说的话的背后根本不是他以前所以为的现实，这些话语只是一些彩色肥皂泡，不断膨胀，随时都会破裂。但究竟是什么可怕的秘密，让这两个成年人对他这个小孩子撒谎，而且最后还要像罪犯一样逃之夭夭？他在书里读到过，人会因为各种各样的事实施谋杀与欺骗，为了金钱，为了权力，或者为了夺得一个王国。可是这两个人到底有什么不可告人的秘密，要用一百个谎言瞒着他，他们到底要掩盖些什么？他绞尽脑汁地想来想去。他有种直觉，这个秘密就是童年的门锁，只要打开它，就能进入成年人的世界。他终于，终于可以成为一个男人了。啊，只要让他知道这个秘密！然而他已经不能清晰地思考了。对他们出逃的愤怒像烈火一样烧尽，像烟雾一样遮盖了他那原本清澈的目光。

他跑到了树林里，遁入没人能看到他的黑暗之中，然后任由滚烫的泪水在脸上流淌。"谎话精，畜生，骗子，恶棍！"这些话他必须大声喊出来，否则他会窒息的。几天以来的怒火、不安、愤懑、好奇、无助和被人背叛，一直在幼稚的挣扎中，在他对长大成人的迷狂中压抑着，此刻刺破了他的胸膛，化为热泪。这是他童年时代的最后一次哭泣，最后一次疯狂的号啕大哭，最后一次像小姑娘一样屈服于泪水。在这极尽愤怒的时刻，他把体内的一切都哭了出来，信任、爱、信念、尊重——他童年的一切。

回到旅馆的埃德加已经判若两人。此时的他冷静、谨慎。他先回到房间，仔细地洗了把脸，抹去眼睛周围的泪痕，以免他们看到自己哭过而得意扬扬。接着，他细心考虑了一下接下来该怎么做。他耐心地等待着，没有任何不安。

载着两个逃亡者的马车回到旅馆的时候，大厅里已经人声鼎沸。几位先生在下棋，还有一些在看报，女士们则聊着家长里短。男孩在他们之间一动不动地坐着，脸色有点苍白，目光微微颤抖。母亲和男爵从门口进来，突然对上了他的目光，不禁有点尴尬。正当他们结结巴巴地想说出早就准备好的借口时，埃德加面无表情地走上前来，仿佛下战书一样对男爵说："男爵先生，我要跟您说件事。"

男爵很不安。他觉得自己好像被人抓了个正着。"好的好的，等一会儿哦，马上！"

但是埃德加已经开始说了，声音洪亮又尖锐，周围的人都能听到："可是我现在就想和您谈谈。您的行为非常恶劣。您欺骗了我。明知道妈妈在等我,您居然还……"

"埃德加！"看到周围的人都在看自己，母亲马上大喊着朝男孩冲了过来。

见母亲想要大喊大叫盖过他说的话，埃德加突然提高了音量：

"我要在大家面前再说一遍。您对我撒谎了，这很无耻，也很可悲。"

男爵面色惨白，在座的人纷纷抬起头来看着他，有些开始偷笑起来。

母亲一把拽住孩子，激动得浑身发抖："马上回你房间，不然我就当着大家的面揍你一顿。"她结结巴巴地低声说道。

可是埃德加很快恢复了平静。他很可惜自己刚刚没把握好激情的分寸。他不满意刚才的发言，因为本来他是想冷静地挑战男爵的，可是怒火一时间比他的意志更旺。这时，他冷冷地转过头，不慌不忙地朝楼上自己的房间走去。

"对不起，男爵先生，这孩子太无礼了。您也知道，他平时就神经兮兮的。"她支支吾吾地挤出这句话，被周围人盯着自己的恶意的眼神搞得心慌意乱。在这个世界上，她最怕的就是丑闻，她知道现在必须保持镇定。她没有夺路而逃，而是先去找门房，装模作样地问起有没有她的信之类无关紧要的事，然后才假装平静地走上楼去。在她身后，隐约传来人们议论纷纷的声音，还有强忍住的笑声。

她放慢了步子。每当有什么严肃状况出现时，她总是手足无措，而且非常害怕和别人当面起冲突。她无法否认，这件事是她的错，而且，她是那么害怕这孩子的目光，那种前所未见的、陌生又反常的目光，每次和他对视，她都像瘫痪了一样，内心忐忑不已。出于害怕，母亲决定采取怀柔政策。因为在此前的战斗中，她已经意识到，眼前这个被激怒的孩子比她更强大。

她悄悄地打开门。男孩坐在那里，冷静得可怕。他抬眼看向她，没有一丝惧意，甚至连好奇都没有。他似乎很确定自己要做什么。

"埃德加呀，"她尽可能地用母亲的口吻对他说话，"你刚才到底是怎么想的？我为你感到羞耻。你怎么可以这么调皮，居然对一个大人说这样的话！待会儿请向男爵先生道歉。"

埃德加看着窗外。他喃喃说出的"不"好像是对外面的树说的。他的镇静让她惊慌。

"埃德加，你到底怎么了？为什么和以前完全不一样了呢？我差点就认不出你了。一直以来，你都是个聪明、听话的好孩了，现在突然这样，好像中了邪似的。你跟男爵到底有什么仇？你以前很喜欢他的，不是吗？他对你那么好。"

"是很好，为了认识你罢了。"

她开始不安起来。"胡说八道！你怎么会这样想啊？"

这时男孩一下子站起身来。

"这个人是个骗子，他所有一切都是装的。他很卑鄙，事先把什么都算计好了。他对我好，还答应要送我一只狗，其实都只是为了接近你。我不知道他答应了你什么，也不知道他为什么对你那么好，可是，妈妈，我能肯定的是，他对你有所企图。要不然他根本不会对我们那么礼貌，那么友好。他是个坏人。他说谎。妈妈，你好好看看，他的一举一动都是那么假。啊，我恨他，我恨这个可怜的骗子，这个恶棍……"

"可是埃德加啊，你怎么能这样说话呢？"她大脑一片混乱，无言以对。心里有个声音在告诉她，埃德加说的话是对的。

"我就要说，他是个恶棍，无论怎样我都不会改变对他的看法。你睁大眼睛好好看看他。他为什么要怕我？为什么躲着我？因为我看穿了他，他感觉到我已经知道他是个什么样的人，这个人渣！"

"你怎么可以说这种话，你怎么可以说这种话？"母亲的思绪已经干涸，只有苍白的嘴唇还机械地重复着这两句话。突然间，她开始害怕起来，只是不知道怕的是男爵还是眼前这个孩子。

埃德加注意到他的警告奏效了，于是不由自主地想把母亲拉拢过来，为了可以一起同仇敌忾对付男爵。他温柔地走到母亲身边，拥抱她，声音因为激动而显得谄媚。

"妈妈，"他说，"你一定已经注意到了，他不安好心。他改变了你，是你变了，而不是我。他教唆你反对我，这样以后就可以独占你了。他肯定只是想骗你。我不清楚他答应了你什么，可是我知道他得手之后一定不会信守自己的承诺。你应该提防他。他既然能骗我，那下一个就能骗你。他是个恶人，我们不该信任他。"

埃德加说话的声音是那么温柔，几乎含着泪水，听起来仿佛发自她自己的内心。其实从昨天开始，她就感觉到了一种不安，心里有个声音在不断重复埃德加刚刚说过的话，那声音越来越深入，越来越坚定。然而，她羞于赞同自己孩子的说法。于是，就像大多数人那样，母亲在压倒性的尴尬面前只能诉诸语言暴力。她直起了身子。

"小孩子懂什么。这些事还轮不到你来插手。你给我守规矩一点。就这样。"

埃德加脸上的表情一下子凝固了。"随便你，"他冷冷地说道，"反正我警告过你了。"

"所以你还是不想道歉？"

"不。"

他们严肃地对峙着。她觉得自己的权威岌岌可危。

"那你就一个人在房间里吃饭吧。在你向男爵先生道歉之前，不准和我们一起吃饭。以后我再教你怎么守规矩。没有我的允许，禁止离开房间。明白了吗？"

埃德加微微一笑。那诡谲的冷笑似乎已经和他的嘴角长在了一起。他心里很生自己的气。他怎么那么蠢，又一次心软了。他居然想要警告眼前这个人，然而她也是个骗子。

母亲快步走了出去，没再看他一眼。她害怕那双锐利的眼睛。这个孩子让她感到不适，因为她感觉到，他看得其实是最清楚的，他所说的是她一直不想知道也不想听见的真相。对她来说，这太可怕了，就好像她的良心从她身体里分离了出去，伪装成一个男孩的样子站在她面前，在她面前走来走去，警告她，看她被大家嘲笑。到目前为止，这个孩子一直和她如影随形，就像一件珠宝或者一个玩具，可爱又熟悉，虽然有时会成为负担，但毕竟还是和她的人生风雨同舟。今天，他第一次站起身来，公然违背她的意志。想起这个孩子的时候，她的心里不得不掺杂了丝丝仇恨。

然而，当她略带疲惫地顺着楼梯往下走时，那小孩子的声音再次在胸腔中响起："你要提防他。"——这警告一直在，无法摆脱。就在这时，她路过了一面镜子，她疑惑地往里一看，却越看越深，直到最后，她的嘴角开始泛起微笑，双唇微微动起来，仿佛要说出一个危险的词。尽管心里的那个声音依旧，母亲此刻却猛地耸了耸肩，仿佛要一下子把这些没根没据的疑虑都抖掉。她朝镜子抛去明媚的一笑，整了整连衣裙，然后便神色坚定地往楼下走去，仿佛一个赌徒，正把自己剩下的最后一块金子叮当一声扔到赌桌上。

月光下的踪影

侍者把食物端给正在软禁中的埃德加，然后锁上门。男孩听见身后传来咔嗒一声，愤怒不已，他明明是在替妈妈着想，现在居然被关了起来，好像他是什么猛兽一样。他内心有种阴暗的冲动在蠢蠢欲动：

"我被锁在这里的同时，他们那里会发生什么事？他们两个现在在聊什么？秘密明明就在眼前，我却要和它擦肩而过吗？噢，这个我在大人中间时时刻刻都能感受到的秘密，这两个人每晚都会关上门，窃窃私语，就为了讨论这个大秘密，而我意外地走进了他们的地盘，这个秘密已经近在眼前，逃不掉了，可我还是不知道它是什么！为了知道这个秘密，我什么都做得出来！以前我从爸爸的书桌上偷过书来看，里面写了很多莫名其妙的东西，只是我看不懂。仿佛它上面有一个封印，必须破除之后才能读懂里面的内容，而钥匙就在我自己身上，又或者在别人身上。

我跑去问女仆，让她给我解释书里的这些段落，可她只是一味嘲笑我。做孩子真可怕，明明充满了好奇，却不许问别人，只能在大人面前出洋相，最后沦落成一个愚蠢无用的东西。可是，我会知道的，我感觉到了，很快我就会知道这个秘密是什么。它的一部分已经在我手里了，在没有得到全部之前，我决不放手！"

他侧耳细听，看有没有人来。一阵微风吹过外面的树丛，将树荫间那呆滞不动的、镜子一样的月光打碎成千百个摇曳的碎片。

"他们两个所做的肯定不是什么好事，否则就不会这样撒谎来支开我。他俩现在当然在嘲笑我了，真该死，现在总算摆脱我了是吧？可是等着，笑到最后的人会是我。我刚才真是太蠢了，为什么不继续粘着他们，监视他们的一举一动，而是把话说出来，结果让自己被关在这里，给了他们一时半会儿的自由？我知道，大人们总是粗心大意，不时会暴露自己。他们以为我们还小，天一黑就要呼呼大睡，可是忘记了我们会假睡，会偷听，我们也会伪装，也很聪明。前不久，姑姑生了孩子，大人们早就知道了，只是在我们面前假装惊讶。可是我早就知道了，因为就在几周前的一个夜里，我假装睡着了，于是偷听到了他们的谈话。这次我也要把他们吓个猝不及防，这些混蛋。啊，如果能透过门缝看到什么就好了，那我就会在他们自以为很安全的时候偷看他们。现在我是不是应该按铃把女仆叫过来？她会过来开门，问我想要什么。或者，我可以大闹特闹，摔盘子，这样就会有人来开门，在那一瞬间我可以趁机溜出去，继续窃听。可是不，我不想那样做。我不想让别人看到他们是怎么虐待我的。我不想认输。明天我要对这两个人十倍奉还。"

他听见下面传来女人的笑声。埃德加吓了一跳：那可能是他的母亲。她有理由笑，更有理由嘲笑他，他这个弱小无助的孩子，谁要是觉得他烦了就把门一关，钥匙一拧，把他像一团湿漉漉的脏衣服扔到角落里就行了。但这个声音不是她的，而是一个他不认识的女孩子的，此时这个女孩正在高兴地和一个小伙子打闹呢。

就在这时，他注意到自己的窗户离地面很近，几乎就在他发觉到这一点的时候，他就打定了主意，跳下去，在他们以为自己很安全的情况下偷听他们。他为这个决定感到兴奋。那个伟大的、闪闪发亮的童年秘密仿佛就在手中。"跳下去，跳下去。"这个想法在他心里颤抖不已。没有什么危险。周边一个人也没有。他于是一跃而下。落在碎石上的时候响起了一阵微弱的沙沙声，没有人听见。

这两天以来，潜伏和窃听已经成了他人生的一大乐趣，此刻，他在兴奋快乐之余不由得感到一阵隐约的恐惧，他小心地避开明晃晃的路灯，悄悄地在旅馆周围踱步。

他先去了餐厅，谨慎地把脸贴在玻璃上往内窥探。他们平常坐的座位空着，然后他继续一个窗口一个窗口地观察。他没冒险走进旅馆里面，生怕在走廊上和他们偶遇。什么地方都找不到他们的踪影。就在他濒临绝望之时，两个人影从门口走出来——他吓了一跳，立马躲进暗处——他的母亲正和她那避无可避的伴侣一起。他来得正好。他听不懂他们在说些什么。他们几乎是在窃窃私语，在树丛间呼啸而过的风把声音盖过了。然而，就在此刻，他听到了一阵响亮的笑声，那是他母亲的声音。他从未听她这样笑过。那是一阵尖锐、娇嗔、神经质的大笑，让他觉得奇怪，也使他恐惧。既然她在笑，那么他俩瞒着他的秘密不可能是什么危险的、波澜壮阔的东西。想到这，埃德加不免有几分失望。

但是他们为什么要离开旅馆呢？现在大晚上的，他们要去哪儿？狂风在高空中扫动巨大的翅膀，原本月色明朗的天空，此时突然一片漆黑。无形之手抛出的黑布不时包裹着月亮，让夜变得难以穿透，道路变得难以辨认，等到月亮挣脱乌云的时候，夜空才又重新焕发光彩。一道冰冷的银光在大地上流泻。这场光影游戏神秘又刺激，仿佛一个女人，半遮半露地嬉戏不止。此刻，风景又一次剥光了她的身体：埃德加看到那两个人影沿着对角线穿过小路，或者更确切地说，是一个人影，因为他们贴得那么紧，仿佛内心的恐惧将他们聚拢在一起。可他们两个现在要去哪儿？松树在狂风中呼啸，森林里一片诡异的喧嚣，仿佛有人在里头狩猎。

"我就跟在他们后面，"埃德加想，"在这狂风和森林的喧嚣中，他们听不见我的脚步声。"当下面两个人重新走回宽阔明亮的道路上时，他只能从一棵树后轻轻地跳到另一棵树后，从一片阴影逃到另一片阴影。他固执而无情地跟在他们身后，庆幸狂风让他们听不见自己的脚步声，又诅咒它刮得自己听不清他们说的话。如果他能听到他们的谈话，哪怕只有一次，他就能知道这个秘密。

下方的两人毫无防备地继续往前走。在这个漫长又混乱的夜晚，他们因为能在一起而幸福不已，并在节节上升的兴奋中迷失了自我。没有任何预感在警告他们，他们不知道，在这盘根错节的黑暗中，自己的每一步都被监视着，上面有两只眼睛正定定地追踪着他们的身影，带着仇恨与好奇。

突然，他们停了下来。埃德加也立刻停下来，躲在一棵树后。一种暴风雨般的恐惧席卷了他。如果他们现在折返并赶在他前面回到旅馆，那怎么办？如果他没法及时回去而他的母亲发现房间空无一人，那怎么办？那样的话一切都完了，他们会知道他在暗中监视他们，他以后不用再指望从他们那里窃取什么秘密了。这时，两个人好像陷入了什么争执，犹豫不前了。多亏了这月光，埃德加把一切看得清清楚楚。男爵指着一条通向山谷的黑暗狭窄的小路，那里不像月光如注的大路，而只有一些零星的、水滴一样的暧昧的光线。"他为什么要去那里？"埃德加颤抖了一下。他的母亲似乎在说"不"，可是男爵一直在固执地劝说她，埃德加从他说话时的手势就看得出来。男孩被恐惧攫住了。这个人想从他妈妈那里得到什么？他，这个恶棍，为什么要把她拖到暗处？从他以前读的书中——它们对他而言就是整个世界——他想起来一些东西，关于绑架与谋杀，关于一些不可告人的野蛮罪行。他想杀了她，没错，所以才想把他支开，把她一个人引来这里。他要不要大声呼救？凶手！这两个字几乎已经到了喉咙边上，可是他的嘴唇发干，一点声音也发不出来。他的神经高度紧张，现在连身子都直不起来，他害怕得伸手去扶住点什么——这时，一根树枝被折断了。

两人一惊，转头看向黑暗深处。埃德加双臂并拢，静静地靠在树上，小小的身体蜷缩在阴影里。周围是死一般的寂静。然而，面前这两个人好像被吓到了。"我们还是回去吧。"他听到妈妈说道。她的声音听起来好像非常害怕。男爵显然也很不安，于是同意了。两人紧紧贴在一起，慢慢地往回走。她内心依旧放不开，这恰恰为埃德加创造了机会。男孩现在匍匐在地，躲在树丛下面，他缓缓朝森林的拐角处爬去，双手在地面上擦得鲜血直流，从那里开始，他拼命往旅馆跑去，上气不接下气，一下子冲到楼上。幸好他房间的门钥匙还插在门外，他转动钥匙，跑进房间，一下子倒在床上。他不得不歇息几分钟，因为心脏还在胸膛里疯狂地跳动着，像钟舌不停地敲击着大钟的内壁。

那之后他才敢站起身来，靠在窗户上，等着他们回来。这一等肯定要很久。他俩一定走得很慢。他小心翼翼地从窗框的阴影中探出头来。这时，他们终于慢条斯理地回来了，衣服上洒着闪亮的月光。在绿莹莹的光辉下，他们看起来俨然鬼魅，他心里涌上一股甜蜜的恐惧，这个男人真的是杀人犯吗？他刚才真的用自己的力量阻止了一件可怕的事的发生吗？他们那惨白的脸在他眼里一览无余。母亲脸上有种他从未见过的喜悦和陶醉，而他看起来则很生硬，心情恶劣，显然是因为刚刚没得手。

他们快走到旅馆了。就在旅馆大门前面不远，他们才松开彼此。他们会抬头看向我这里吗？不，没人抬头。"他们把我忘到九霄云外了，"男孩愤怒地想道，随之又有种暗暗的胜利感，"可是我没忘记你们。你们以为我乖乖睡着了，一步也没有离开我的房间吗？那就大错特错了。我会监视你们的一举一动，直到搞清楚那个恶棍的秘密，那个让我害怕得睡不着的秘密。我会撕碎你们的同盟。我不会睡觉的。"

两人缓缓推门而入。他们一前一后走进去的时候，落在地上的两个影子再次拥抱了一秒，然后便在门前明亮的灯光下化为一道黑色的线条。旅馆前面的那片空地，在月光映照下就像一片茫茫的雪原。

突袭

埃德加上气不接下气地从窗边缩回身。恐惧使他浑身颤抖。在此前的人生里，他还从未离一个秘密如此之近。对他来说，那个充满刺激与冒险、谋杀与欺骗的世界只存在于书本里、童话里、梦境里，都是一些虚幻的、不可触及的东西。可是今天，他突然坠入了这个恐怖的世界之中，他的整个生命都因为各种始料未及的奇遇而像发高烧一样震颤不已。这个闯进他们生命的神秘人到底是谁？他真的是一个杀手吗？把他母亲引到偏僻的地方、拖到黑暗之中就为了夺走她的性命？可怕的事仿佛还在前头。他不知道该如何是好。他明天一早一定要给爸爸写信或者发电报。可是就不能今晚做吗？妈妈还没回房间，她还和那个面目可憎的陌生男人在一起。

在里面的门和外面那道轻轻一推就能移动的、裱糊纸做的门之间有一个狭窄的空间，不比一个衣柜宽。他躲进了那一掌宽的黑暗缝隙里，为了窃听走廊上的脚步声。因为他决定了，一秒钟也不能让他们两个单独相处。在午夜时分，走廊空无一人，零星的几盏灯散发着微弱的亮光。

终于——这几分钟是那么漫长——他听见有人蹑手蹑脚地走上楼来。他屏息静听。这不是人们要回旅馆房间时那种飞快的脚步声，它拖拖沓沓，踱来踱去，慢条斯理，好像在走一条无比艰辛的上山路。在脚步声的间隙是不时停下来的窃窃私语的声音。埃德加激动得浑身发抖。在走廊的那边是他们俩吗？他还和她在一起吗？低声细语的声音离得太远听不见，可是脚步声却越来越近了，虽然还是带着点犹豫，却越来越清晰。此时，他突然听见男爵用他那令人厌恶的、沙哑的嗓音轻轻地说着什么，埃德加一个字也没听清，然后他听见母亲激烈反抗的声音："不行，今天不行！不行。"

埃德加颤抖不已，他们过来了，现在他什么都能听见了。脚步声虽然很轻，却每一步都重重地踩在他胸上。男爵的声音，那贪得无厌、令人作呕的声音，听起来是那么可憎！"您不要对我这么残忍嘛。您今晚真的美极了。"

接着另一个声音说："不行，不可以，不可以，请您放开我。"

母亲的声音是那么恐慌，埃德加听着都要窒息了。他究竟想从她身上得到什么？为什么她会怕成这样？他们越走越近，几乎就在房门前了。他躲在他们看不见的薄薄的布帘后一手宽的地方，浑身颤抖着。他们说话的声音是那么近，几乎都要碰到他的呼吸了。

"您行行好吧，马蒂尔德，听我一回！"他又听见母亲呻吟和喘息的声音，现在明显弱下来了，她的抵抗开始瓦解。

可这一切究竟是怎么回事？他们两个并没有回房间，而是继续往前走了，走进了走廊尽头的黑暗中！他要把她抓去什么地方？为什么她现在不作声了？他是用布团堵住了她的嘴吗，还是掐住了她的喉咙？

一想到这里，埃德加都要疯了。他双手颤抖地把门打开一指宽。现在他看见这两个人正在走廊黑暗的角落里走着。男爵搂住他母亲的臀部，想把她带到什么地方，而她好像已经放弃了挣扎。现在男爵在自己的房间前停了下来。"他要把她掳走，"男孩惊恐地想，"现在他要对她做可怕的事了。"

他猛地把门摔到一边，一冲而出，往两人的方向奔去。母亲见到黑暗里有什么东西朝自己冲来，于是高声尖叫，接着仿佛晕了过去，男爵用尽全力才扶住她不让她倒下。

就在这一瞬间，他感到一只弱小的拳头狠狠地打在他的嘴唇和牙齿上，有什么东西像小猫一样扑在他的身上。他松开那个惊魂未定的女人，让她逃走，还不知道来者是谁，就盲目地挥拳还击。

孩子知道自己在他面前是弱者，却始终没有屈服。终于，终于，这一刻终于来了，他可以尽情释放被背叛的爱和累积的恨。他用小拳头盲目地捶打着男爵，嘴唇在狂热的、无意识的怒火中抿得紧紧的。男爵现在认出了他；他也对这个毁了他这几天、坏了他好事的密探充满仇恨；无论埃德加打中他哪里，他都粗暴地打回去。埃德加痛苦得呻吟起来，却没有松手，也没尖声呼救。他们在大半夜的走廊里一声不吭地顽强搏斗了一分钟。男爵逐渐意识到事情的荒谬，自己居然在跟一个嘴上无毛的小子打架，他紧紧地抓住埃德加，想一把将他甩开。埃德加感到自己的肌肉正在松弛，知道下一秒就要输了，结果只能是被男爵殴打一顿，于是在狂怒中往男爵那只伸过来要抓住他脖子的强壮又坚实的手上咬了一大口。男爵忍不住发出一声闷吼，手松开了——男孩趁着这一秒逃进自己的房间里，按下门闩。

这场午夜的交战只持续了一分钟。四周没有人听见他们的动静。一切重回寂静，好像陷入了沉睡。男爵用手帕擦了擦流血的手，在黑暗中满脸惊慌。没有人在听。

只有楼上射下最后一丝忐忑不安的灯光——他觉得——在嘲讽着他。

暴风雨

"我是在做梦吗，一个充满危险的噩梦？"翌日早上，当埃德加披头散发，从混乱不清的恐惧中惊醒时，不禁自问。他的脑袋里嗡嗡作响，关节像木头一样僵硬，他看了看自己，吃惊地发现自己睡觉时还穿着昨天的衣服。他一下子跳起来，摇摇晃晃地走到镜子前面，颤抖着注视自己那张苍白扭曲的面孔，还有额头上那肿起来的一大块。他艰难地整理思绪，惊恐地想起了一切：昨晚，他在外面的走廊打架，然后冲回了自己的房间，像发着高烧一样颤抖不已，连衣服都没脱就躺倒在床上，心里还想着逃跑。他就这样不知不觉睡着了，陷入了沉重的、充满惊恐的梦乡，在梦里把刚才发生的事又经历了一遍，只是更加可怕，带着一股流淌的鲜血那濡湿的恶臭。

窗户下面传来碎石上嘎吱作响的脚步声，声音像看不见的鸟儿一样飞升起来，阳光也照进了房间的深处。一定已经很晚了，他吃惊地发现闹钟上的时间还是午夜，原来是昨晚太激动，忘记上发条了。这种游离在时间之外带来的不确定性使他忐忑不安，此外他还不知道到底发生了什么事，这一无所知的感觉更是加深了他的恐慌。他连忙从床上起来，往楼下走去，心神不宁，还带着一点愧疚。

餐厅里，妈妈正独自坐在常坐的那张桌子旁。埃德加松了一口气，因为他的敌人不在那里，他不必看到昨天他愤怒捶打的那张可恶的脸。然而，当他走近桌子时，心里七上八下的。

"早安。"他朝她打了声招呼。

他的母亲没有回答。她甚至头都没抬，只是目不转睛地凝视着远处的风景。她的脸色非常苍白，眼睛周围有一道淡淡的黑眼圈，鼻翼在紧张地抽搐着，暴露了她内心的激动不安。埃德加咬紧了嘴唇。这种沉默让他困惑不已。他不知道昨天是不是把男爵重伤了，也不知道母亲是不是已经知道了昨晚的冲突。这种不确定的感觉折磨着他。可是母亲的脸色依旧阴沉，他甚至不敢抬头看她，生怕下一刻她那在睫毛下合上的眼睛会突然睁开，把他抓个正着。他一动也不动，也不敢说一个字，只是小心翼翼地拿起杯子，然后又放下去，还偷偷地瞥了一眼妈妈的手指，它们正在心神不宁地玩弄着手中的勺子，蜷曲的姿势似乎暴露了其内心秘密的怒火。

他就这样坐了一刻钟，焦躁地等待着那迟迟未来的话。没有任何一句话能把他从这样的局面中拯救出来。妈妈现在从桌边站起身来，依旧没有注意到他的存在，他不知道现在如何是好，要继续在桌边坐着吗，还是跟着她走？最后，他还是站起身来，谦卑地跟在她身后，她故意不理他，他觉得自己这样偷偷摸摸跟在她后面是多么愚蠢可笑。他的步伐越来越小，越来越落在后面，她却始终没有理睬他，就这样回了自己的房间。当埃德加终于跟了上来时，母亲的房门已经紧锁。

发生了什么？他已经搞不清事情的来龙去脉了。他昨天对男爵发动的突袭，到底是不是做错了？他们两个是不是在准备对他进行新的惩罚或者羞辱？他有种预感，马上就会发生什么事，什么可怕的事。在他们之间，积聚着一种暴风雨到来之前的溽热，两个电极之间形成巨大的电压，即将在一次雷暴中释放。他孤独地承受着这份预感的重负，从一个房间走到另一个房间，直到自己那瘦弱的脖子被无形的重负压弯。中午的时候，他几乎是谦卑地来到了母亲吃饭的桌前。

"日安。"他又对母亲说了一遍。他必须打破这种沉默，这可怕、极具威胁的沉默就像乌云一样笼罩在他头上。

母亲又一次没有回答，而是从他身边看了过去。埃德加再次被母亲的无视所震惊，他感到，心里正积聚着一种从未有过的、冷酷的愤怒。目前为止，他们之间的争吵都是因为某种突然爆发的愤怒，与其说是情绪，不如说是一种神经的信号，不久就会恢复平静，转化为抚慰的微笑。但这一次，他从自己的内心深处感到了一种极其狂暴的情感，他对这种不经意间引发的暴力感到恐惧。他几乎吃不下饭。喉咙里好像卡着什么干涩的东西，下一刻就要噎死他。母亲对这一切仿佛视而不见。只是在吃完饭站起身时，她才仿佛不经意一样回过头来，说道：

"埃德加，你上来，我有事和你说。"

她的口吻里没有威胁，听起来却如此冰冷，让埃德加不寒而栗，仿佛有人猝不及防地在他脖子上套了一条铁链。他的抵抗一下子溃不成军。他一声不吭，像条被殴打的狗一样跟在她后面进了房间。

她静静地坐在那里，一言不发，这延长了他的痛苦。几分钟后，他听到大钟敲响的声音，还有外面一个孩子的笑声，以及他自己胸膛里心跳不止的声音。不过，母亲心里肯定也不太有把握，因为她和他说话的时候根本不看他一眼，而是背对着他。

"昨晚你干了什么事，我不想再说了。简直闻所未闻。只是想想我都觉得羞耻。你要独自承担自己所做的事的后果。我要告诉你，今天开始，你再也不能和大人们在一起了。我刚才给你爸爸写了信，我们会给你找一位家庭教师，或者把你送到寄宿学校，让你在那里好好学习礼仪。我懒得再对你发火了。"

埃德加低着头站在一边。他觉得这是个开头，一个威胁，真正可怕的事情还在后面。

"你马上向男爵先生道歉。"

埃德加畏缩了一下，可是母亲继续说下去：

"男爵先生今天已经离开了，你去给他写一封信，我口授。"

埃德加惊愕地抬头看了她一眼，可是母亲很坚决。

"不要顶嘴。这是纸和墨水，给我坐下，写。"

埃德加抬头看了她一眼。她的眼神那么凝重，仿佛心意已决，无法变更。他从来没有见过这样的母亲，如此严厉，如此冷酷。恐惧压倒了他。他坐下来，拿起羽毛笔，脸深深地伏在桌子上。

"最上面写上日期。写了吗？在标题之前空一行。这样写！尊敬的男爵先生！叹号。再空一行。我很遗憾地得知——写了吗？——很遗憾地得知，您已经离开了塞默林——塞默林，沉默的默——我现在必须给您写这封信，因为我打算在此——写快点儿，写得不那么漂亮也成！——我打算在此请您原谅我昨天的所作所为。正如我母亲对您所说，我之前得了重病，现在还在康复期，所以非常容易情绪激动。我经常夸大我所见到的东西，可是之后马上就会后悔……"

趴在桌前的埃德加猛地站起身来。他朝母亲转过头：内心的抵抗又觉醒了。

"我不会写这种东西，那是撒谎！"

"埃德加！"

她提高了声音，以示威胁。

"这不是真的。我没做过任何让自己后悔的事。我没做过任何坏事，所以不必对任何人道歉。我只是想帮你，因为你当时求救了！"

她的嘴唇毫无血色，鼻翼翕动不已。

"我求救？你疯了！"

埃德加生气了。他猛地跳了起来。

"是的，男爵昨晚在走廊里捉住你的时候，你大声呼救起来。'放开我，放开我。'你叫得那么大声，我在房间里都能听见。"

"你撒谎，我从来没有和男爵在走廊里做那种事。他只是把我送上了楼梯……"

这个弥天大谎几乎让埃德加心跳骤停。他放低声音，用瞳孔定定地盯着她：

"你……你没在走廊里？还有他……他没有一把抱住你吗？没有用力把你抓住？"

她大笑起来，笑声冷酷又干涩：

"你在做梦呢。"

这对于男孩来说实在太过分了。他虽然已经知道，大人们爱撒谎，会找各种大大小小的借口，擅长编织缜密的谎言和狡猾的模棱两可的说辞。可是，眼前这种矢口否认是那么冷漠，那么厚脸皮，撒谎者真的连眼都不眨一下，这让他怒不可遏。

"那么我脸上的伤痕也是梦见的？"

"谁知道你和谁打了架。我没必要和你讨论下去了，因为无论说什么你都只会顶嘴。够了。给我坐下了继续写！"

她面如死灰，竭尽全力不让自己散架。

不知怎的，埃德加觉得自己身上有什么东西正在熄灭，那是对他母亲最后的信赖之火。这些人居然一下就能把事情的真相踩在脚下，就像踩灭一根火柴那样轻而易举，他接受不了。他内心冰冷地收紧，说出的每一个字都变得那么尖锐、恶毒、肆无忌惮：

"所以，一切都只是我梦见的吗？走廊里发生的事还有我身上的伤痕是梦到的？昨晚你们两个在月光下漫步，他把你引到那条阴暗的小路上，也是梦到的？你以为我会像个小孩子一样任人关在房间里吗？不，我才没有你想的那么笨。我知道一切我该知道的东西。"

他恶狠狠地盯着她的脸，瞬间使她丧失了一切力量。她看到自己孩子的脸因为仇恨而扭曲，怒火一下子爆发了。

"继续写，你马上继续写！要不……"

"要不什么？"他的声音充满了无畏和挑衅。

"要不我就把你像个小孩一样狠揍一顿。"

埃德加轻蔑地笑了笑，走近了一步。

就在这时，她的手掌落在他的脸颊上。埃德加大叫一声。好像快要溺死的人一样，他双手乱挥，耳朵里嗡嗡作响，眼前闪过一阵红晕，来不及看就挥拳还击。他发现自己打到了面前什么软绵绵的东西，听到了一声尖叫……

那声尖叫让他清醒过来。他突然看到了自己，看到了自己所做的可怕的事：他居然打了自己的母亲。一种恐惧压倒了他，随之而来的是羞耻和惊骇，他想马上离开这个地方，从这里消失，躲进地底，远走高飞，有多远走多远，只要不用再承受面前这个女人的注视。他一下子冲到门口，奔下楼梯，穿过走廊，来到大街上，拼命地跑啊跑，仿佛身后有恶犬在追赶。

最初的顿悟

他一直跑到下面的路口才停下来。他不得不扶住一棵树，因为他的身子在恐惧与激动之中颤抖得那么厉害，过度疲惫的胸膛不住地喘着粗气。在他身后，是对自己刚才做的事的惊恐，它掐住了他的喉咙，把他前后晃个不停，他好像在发着高烧一样。现在该怎么办？能逃去哪里？现在他在旅馆附近的一个树林里，虽然离住的地方才一刻钟的路，他却开始感到自己无家可归了。自从他自己一个人孤零零跑出来，所有的一切都变了样，充满敌意，面目可憎。昨天，那些树木还像弟兄一样在他身边沙沙作响，此刻却突然抱成一团，仿佛一个黑暗的威胁。他前方所遇到的又该陌生可怕多少倍呢？这种凭一己之力与整个庞大又陌生的世界作斗争的感觉使男孩眩晕起来。不，这种战斗他现在一个人还承受不住，还不能。可他又能去谁那儿避难呢？他害怕自己的父亲，他总是动不动就生气，难以亲近，肯定马上就会把他赶回来。可是他真的不想再回这家旅馆了，宁愿一头扎进陌生又危险的未知也不要回来；他觉得自己再也无法正视母亲的脸了，一看见它，他就不得不想起自己的拳头曾打在上面。

这时，他想到了自己的祖母，那位年迈、慈祥、友好的女士，从小她就宠着他，他在家里要承受什么惩罚或者不公的时候总是护着他。他想躲到她在巴登的家里，直到第一轮风波过去，在那里，他可以给父母写一封信，请求原谅。在从旅馆跑到这里的路上，他一想到自己从今以后要靠毫无经验的双腿立足于世界，就羞得无地自容。他诅咒自己的骄傲，都是那个陌生人用谎言把这愚蠢的傲气注射进了他的身体里。他其实只想继续做一个孩子，像以前一样，听话，耐心，不顶嘴，不像现在这样自大又好笑。

可是该怎么去巴登呢？穿越国境需要多久？他急忙摸了摸他那随身携带的小皮钱包。感谢上帝，里面还有崭新的二十克朗在闪闪发光，那是他上次生日的礼物。他从来没想过要花掉它们，每天都会检查看看它们是不是还在，只要看着它们他就觉得自己家财万贯，还时不时充满感激地、温柔地用手帕擦拭它们，直到其像小太阳一样闪亮。可是，这个突如其来的想法把他吓到了——二十克朗够吗？他这辈子坐过不少火车，然而从来没想过要付钱，更不用说知道要付多少钱，是一克朗还是一百克朗。他第一次意识到人生里有些他从没想过的事，所有在他身边的事物，哪怕是手里把玩的，都有自己的价值、自己的分量。一小时前还以为自己无所不知的他，现在发现自己不经意地落进了无数的秘密和问题之中，他那可怜的小聪明在迈进生活的第一步就打了个跟跄，他因此而羞愧不已。他越来越沮丧，走得越来越慢，一直这样走到了车站。他曾多少次梦见自己离家出走，闯荡江湖，成为皇帝或国王，士兵或诗人，现在他眼望灯火辉煌的车站大厅，心里只想着二十克朗够不够他到祖母家。铁轨在远方的乡间闪闪发光，车站空无一人。埃德加胆怯地趴到收银台前低声问一张去巴登的火车票要多少钱，免得被周围的人听到。漆黑的窗口后面闪现一张疑惑不已的脸，两只眼睛从眼镜后面笑眯眯地打量着眼前的这个胆小的孩子：

"全票吗？"

"对。"埃德加结结巴巴地说，并没为自己买全票而骄傲，反而担心身上的钱会不够。

"六克朗。"

"给您！"

他如释重负地把一个闪闪发亮的、自己深爱的银币推了过去，对方给他找了钱。埃德加手里拿着那张可以还他自由的棕色票子，突然觉得自己现在说不出的富有。银币在他口袋里发出沉闷的叮铃作响的声音。

时刻表上写着，火车二十分钟后来。埃德加蹲在角落里等着。有几个人站在月台边上，百无聊赖。烦恼的男孩却觉得所有人都在看着他，仿佛大家都惊讶于这样一个小孩子一个人来坐车，仿佛他的额头上写着逃犯和凶手。

当火车从远处呼啸而来时，他长舒一口气，接着便匆忙上了车。这列火车会载着他开向世界。上车后他才发现自己的座位是三等。以前他都是坐头等车厢，他现在感觉到这里有些东西和他以往生活的世界截然不同，差距和区别迎面而来。和以前一样，他身边坐着其他人，只是这个车厢里的邻居是一些手脚粗大、声音嘶哑的意大利工人，他们手里拿着铁锹和铁铲，面对面而坐，目光呆滞地直视前方。他们一路上显然都在干苦活儿，某些人实在忍不住疲劳，张着嘴在嘎嘎作响的火车上睡着了，枕在又硬又脏的木头上。他们工作是为了赚钱吧，埃德加想，可是他无法想象他们能赚多少；他又一次感到，金钱并不是生来就能拥有的东西，而是必须以某种方法获得。他第一次察觉到，自己天生就习惯了幸福，却没意识到在他左右两边生命的深渊正张开血盆大口，里面是自己见所未见的黑暗。突然间，他注意到世界上有职业和规则的存在，在自己的生命里有那么多触手可及的秘密，为什么他一直视若无睹呢？

自从他一个人上路以来的一个小时，埃德加便学到了很多东西；通过这个狭窄车厢里的窗玻璃，他望向外面的世界，见识到了许多事物。在他那阴暗的恐惧中有什么正在萌芽、盛开，那还不是幸福，而是对生命的多样性所感到的惊讶。他因为恐惧与怯懦而跑了出来，虽然是第一次独立行动，却觉得每一分每一秒都从身边掠过的事物中体验了某种真实。这可能是他第一次在父母的眼中变成了一个谜，正如世界在此之前对他是一个谜那样。他看窗外的目光不同了。事物表层的面纱好像脱落了，他第一次看到了它们的本来面貌，它们向他展示了一切：它们意图的内部，它们秘密的运动神经。在疾风中，房屋一掠而过，他不由自主地想到住在里面的人，他们是贫穷抑或富有，幸福还是不幸，他们是不是也像他一样渴望了解一切呢？又或者里面只是一些和他一样的孩子，目前为止只懂得把玩手中的东西。那些拿着飘动的信号旗站在路边的铁路工第一次在他眼中获得了生命，他们不再像以前那样，是松散地拼装起来的娃娃或者僵死的玩具，不是那些被他随意抛弃的东西中的一件，他现在明白了，站在那里就是这些人的命运，就是他们对生命发动的斗争。车轮滚得越来越快，火车沿着蜿蜒曲折的轨道驶入山谷，山峦越来越平缓，越来越遥远，很快就到达了一片平原。回头一看，群山那里已经是蓝色的阴影，遥不可及，在他看来，它们在云雾缭绕的天空中慢慢消融的地方，就是他自己的童年。

迷乱的黑暗

　　火车在巴登停了下来，只有埃德加一个人站在月台上，那里的灯已经亮了，红绿相间的信号灯向远处闪烁，这五彩斑斓的景象突然与对即将到来的夜晚的恐惧交织在一起。白天他还觉得很安全，因为周围都是人，你可以放松一下，坐在长凳上，或者看看商店的橱窗。可是，当人们消失在自己的房子深处，每人都有一张属于自己的床，都有个说话的伴儿，都能享受一个安静的夜晚，埃德加就觉得受不了了，他不得不独自一人徘徊，感到自己的愧疚，陷入一种陌生的孤独之中。啊，如果头上有一片瓦就好了，他一分钟也不想站在这片陌生的夜空下，这是他唯一清晰地感觉到的东西。

他匆匆走在那条自己很熟悉的路上，没左顾右盼，最终来到了祖母住的别墅。那是一座老式的、友好的白房子，它漂亮地坐落在一条宽敞的街道上，但并不暴露在外，而是隐藏在一个修剪整齐的花园的植物卷须和常春藤后面，在一片如云的绿荫之后闪着亮光。埃德加像个陌生人一样透过栏杆往里看。里面一点动静也没有，窗户都紧闭着，显然每个人，包括客人，都在花园里。他已经摸到了冰凉的门把手，这时，奇怪的事情发生了，两个小时前他还觉得那么轻而易举、理所当然的事，现在突然显得那么不切实际。他要怎么进去，怎么向大家打招呼，怎么忍受和回答他们提出的问题？开口讲述事情来龙去脉的第一秒简直让他无法承受，他要怎么说，说他偷偷地从母亲身边逃了出来？还有该怎么解释那件连他自己都不明白的骇人听闻的事？屋里面有扇门打开了。他突然被一种愚蠢的恐惧攫住，有什么人要从里面出来了，他撒腿就跑，完全不知道自己要去哪里。

　　他在温泉疗养公园前停了下来，因为他看到那里一片漆黑，什么人也没有。在那里，他或许终于可以坐下来，好好地、冷静地思考，缓口气，看清自己的命运。他战战兢兢地走进公园。前面亮着几盏灯笼，在灯光下，幼嫩的新叶泛着一层半透明的、绿色的鬼魅般的水光；再往里，他不得不沿着一条下坡路往山下走，在这混沌又黑暗的早春之夜，万物仿佛一团沉重的、漆黑的、正在发酵的物质。埃德加腼腆地从坐在路灯下聊天或读书的几个人身边走过，他想一个人待着。可是，即便在没有灯光的走道的暗影中，也找不到安宁。处处都充斥着鬼鬼祟祟的细语，夹杂着柔韧的树叶间的风的吐息，还有远处传来的脚步声，压低了声音的私语，以及一些充满肉欲的呻吟和恐惧的喘息，既可能出自人或动物，也可能是来自那不安地沉睡着的大自然。这是一种危险的躁动，一种蹲伏起来、潜藏在深处的，令人恐惧的躁动，森林的地下深处传来莫名的挖掘声与呼吸声，这可能只是早春的迹象，却吓坏了这个无助的孩子。

　　在这深不可测的黑暗中，他让自己在一张长凳上缩成一团，思考着回家之后应该怎么说。可是这些念头还未来得及把握就已经从他脑海里溜走了。他只能不情愿地谛听黑暗中那压抑着的低沉声响，那些神秘莫测的声音。这黑暗是多么可怕，多么混乱不堪，又是多么神秘而美丽！所有这些飒飒作响的声音是出自人类还是动物，抑或只是疾风那幽灵般的手所编织出来的？他仔细地倾听。的确，那是风不安地从林间穿过的声音，可是——他现在明白了——还有人的声音与之交织在一起，他们从明亮的城市那边走来，用他们谜一般的存在激活黑暗。他们想干什么？他无法理解。他们一声不吭，因为他没听见任何说话的声音，只听见在砾石上不安地嘎吱作响的脚步声，看到在林间空地上他们的形体时不时像影子一样飘过，总是彼此紧紧地搂抱在一起，正如他之前所见的母亲和男爵。也就是说，那个宏大的、闪闪发光又充满不幸的秘密，也在这里。他听到脚步声越来越近，还传来一阵压抑住的笑声。恐惧攫住了他，那些人是想在这里找他吗？他于是马上躲入更深的黑暗中。然而，此时在伸手不见五指的黑暗中摸索的两个人并没有看见他。他们互相缠抱在一起，从他身边走过，埃德加本来已经松了口气，却突然听见脚步声在他坐的长凳前停下了。两人脸颊紧贴在一起，埃德加什么也见不到，只听见女人嘴里发出一声呻吟，男人结结巴巴地说着炽热而疯狂的话语，某种热烈的预感带着肉欲的战栗穿透了他的恐惧。两人就这样坐了一会儿，然后，埃德加再次听到碎石子嘎吱作响的声音，他们继续往前走了，很快便消失在黑暗中。

埃德加瑟瑟发抖。血液现在涌回他的血管，比先前更炽热。突然间，他在这混沌的黑暗中感到一种难以忍受的孤独，他是那么强烈地渴望一个友好的声音、一个拥抱、一个明亮的房间，还有他所爱的人。对他来说，这个混乱的夜晚那无法刺破的黑暗好像都沉入了他的体内，炸裂了他的胸膛。

他站起身来。他只想回家，回家，回到家里某个温暖又明亮的房间里，和别人在一起。他又能出什么事呢？自从感受到黑暗以来，感受到对孤独的恐惧以来，无论别人要打要骂，他都已经无所畏惧了。

一种力量驱使他几乎不知不觉地向前走，突然间，他发现自己站在了别墅前，手又重新搭在冰冷的门把手上。他看到窗户里的灯光刺破花园的绿荫在闪闪发亮，在意念中还看到了那明亮的玻璃后面熟悉的房间和熟悉的人。光是这种亲近的感觉就令他无比幸福，他一下就感觉到他和那些爱自己的人只有一步之遥，这让他的心平静下来。哪怕此时再犹豫，也只是为了更深地享受这种亲密的预感。

这时，他身后传来一声惊慌的尖叫：

"埃德加，他来了！"

祖母的女仆看见了他，一下子冲过来，拉住他的手。

房门一一洞开，一只狗吠叫着朝他扑来，人们拿着灯火出来了，他听见欢呼和震惊的声音，一阵混乱不堪的叫喊声和脚步声朝他这边冲来，他认出了熟悉的身影。先是他的祖母，伸出手臂朝他跑来，还有在她身后的——他以为自己在做梦——他的母亲。他泪眼汪汪，战战兢兢地站在这股火热的情绪爆发之中，不知道自己该做什么，该说什么，甚至不知道自己此时是什么感觉：到底是恐惧，还是幸福。

最后的梦

事情是这样的：他们已经在这里找他和等他很长时间了。他受刺激之后一走了之，母亲虽然还发着火，却还是吓得六神无主，于是马上派人在塞默林到处找他。人们手忙脚乱，已经做出了各种最可怕的猜测，大概三点的时候，一位先生才带来了消息，说是在火车站售票处看见了这个孩子。在那里，他们很快得知埃德加买了一张到巴登的车票，母亲知道之后毫不犹豫地坐火车跟了过去。人们已经先她一步往巴登和维也纳他父亲家里拍了电报，引起了很大骚动，结果这两小时以来，大家都在拼命寻找这个逃亡的孩子。

现在他们抓住了他，但没有使用暴力。在一种压抑的胜利中，他被人领进了房间。但奇怪的是，他感受不到他们那些严厉的责备，因为他在他们眼中只读到喜悦与爱。就连这责备也只是走走形式，假装的怒火只持续了一会儿。接着，祖母泪流满面地拥抱了他，没人再提起他犯的错，他觉得大家都很关心他的安危。女仆为他脱下外套，给他拿来一件更暖和的。祖母问他是不是饿了，要不要吃点什么。他们对他关怀备至，嘘寒问暖，可一看到他不自在的样子就不再问了。他再一次感受到了自己还是个孩子，心里马上涌起一种被人看不起，可又被人惦记的复杂感觉，然后他为自己这几天的专横感到羞耻，因为他一味想着摆脱这一切，只为了享受一种欺骗性的、孤独的快感。

隔壁传来电话的铃声。他听到母亲的声音，听到她所说的只言片语："埃德加……回来了……来了这里……坐的最后一班火车。"他惊讶地发现母亲并没有大声教训他，只是用一种奇怪的、极其克制的眼神注视着他。他越来越强烈地想跟母亲忏悔，他想摆脱祖母和姑姑们的嘘寒问暖，走到母亲身边，请求她的原谅，在只有他们两人在场的情况下谦卑地告诉她，他想做回一个孩子，以后会听她的话。可他刚要悄悄站起身来，便听到祖母惊恐地低声问道：

"你要去哪儿？"

他羞愧地站在那里。他现在只要有什么动静，他们就会担惊受怕。他把他们所有人都吓坏了，现在他们害怕他会再次逃跑。他们又怎么会明白呢，没有人比他自己更后悔这次逃跑！

餐桌已经摆好，人们给他端来一份匆匆备好的晚饭。祖母和他坐在一起，一秒钟也没有把视线从他身上移开。她和姑姑还有女仆一起围成了一个沉默不语的小圈子，他感到这种温暖奇迹般地抚慰了他。唯一让他困惑的是母亲没有进来吃饭。如果她知道他现在是多么谦卑，肯定会愿意来的！

一辆汽车停在了别墅前面，发出嘎嘎的声响。大家都吓了一跳，埃德加也不安起来。祖母出去开门，黑暗中传来阵阵嘈杂的声音，他一下子就知道，父亲来了。埃德加羞怯地注意到在房间里又只剩下他一个人了，即使这种小小的孤独也让他感到迷茫。他的父亲很严厉，是他唯一真正害怕的人。埃德加听着外面传来的说话声，他父亲似乎很激动，声如洪钟，怒不可遏。祖母和母亲的声音相比之下很温和，显然她们想劝他不要太激动。但父亲的声音严厉依旧，正如他上楼的脚步声。脚步声越来越近，现在已经到了隔壁房间，马上就到了门前，门一下子被打开来。

他的父亲非常高大。他走进房间的时候，埃德加在他面前感到难以言喻的渺小，父亲的紧张肉眼可见，而且好像真的在发火。

　　"你这小子，为什么到处乱跑？你怎么能这样吓你妈妈？"

　　他的声音带着怒意，差点控制不住手上狂暴的动作。在他身后，母亲静静地走了进来。她的面孔笼罩在阴影里。

　　埃德加没有回答。他觉得必须为自己辩解，但他怎么能说自己被出卖和殴打了呢？父亲会明白吗？

　　"喏，你倒是说话呀？发生了什么事？放心说！你是不是受了什么委屈？逃跑肯定得有个理由！是不是有人伤害了你？"埃德加犹豫着。对往事的回忆点燃了他的怒火，他正想出声控诉，却突然看到——他的心跳静止了——母亲在父亲背后做了个奇怪的动作，一个他一开始不明白的动作。可现在，她看着他，目光中充满了恳求。轻轻地，非常轻柔地，她将手指举到嘴边，让他别说。

　　就在这时，埃德加感到了一股暖流，一股深深的狂喜传遍了全身。他明白了，她在请求他保守秘密，她的命运就落在他那稚嫩的嘴唇上。他感到一阵狂野的、令人欢呼雀跃的骄傲，因为她信任他，他突然被一种献身精神、一种把所有的罪责都揽下的决心所征服，他要告诉她，他已经是个男子汉了。于是，埃德加打起精神对父亲说：

"不是的，不是的……没有什么理由。妈妈对我一直很好，只是我自己缺乏教养，调皮捣蛋……于是……于是我就跑掉了，因为我当时很害怕……"

父亲惊讶地看着他。他已经想好了儿子可能会说的所有话，只是没想到他会做这样的坦白。他的怒气瞬间瓦解了。

"好，你知道认错，那就好。我今天不想再说这件事了。我相信，你下次这样做之前，会好好三思的！以后不准再发生这种事了。"

父亲定定地站在那里，看着他。父亲的声音现在变得柔和了：

"你看起来面色很苍白啊。不过我觉得，你好像又长大了一点。我希望你以后不会再做这么幼稚的事；你现在已经不是小孩子了，应该懂事点了！"

埃德加一直看着母亲。她的眼中好像有什么在闪烁。这是灯光的反射吗？不，母亲眼里噙着湿润而明亮的泪花，嘴角挂着感谢他的微笑。现在，他要上床睡觉了，但他并不因为他们让他一个人待着而难过。他有太多的事情要考虑，太多太多的事情，五彩斑斓，包罗万象。前几天所有的痛苦都在这次强烈的情感初体验中烟消云散，他现在只快乐又神秘地期待着未来会发生什么事。

夜色漆黑一片，外面的树木在黑暗中沙沙作响，但他不再害怕。自从他知道生活是那么多姿多彩之后，他就摆脱了所有的焦虑。仿佛他今天第一次看到它赤身裸体，不再被童年的千百个谎言所遮盖，而是充满了性感而危险的美。他从未想过生活会如此多样地苦乐交织，一想到未来还有许多这样的日子在等着他，想到人生等着为他揭示自己的秘密，他就很快乐。

他第一次意识到生命是如此多彩；第一次相信自己了解了人类的本性，即使他们表面上可能彼此敌对，实际上也在互相需要，而被他们所爱，是多么甜蜜的事。他不再仇恨任何人、任何事，也不再有悔恨，哪怕对男爵，那个诱惑者，他的死敌，他现在也怀着一种新的感激之情，因为他为自己打开了这个世界的大门，让他拥有了最初的体验。

在黑暗中思考是那么甜蜜，那么使人自豪，梦境中的画面彼此交织在一起,睡意马上就要来了。这时他觉得，好像有谁推开门轻声走了进来。他不确定了，因为他是那么困，眼睛都快睁不开了。这时他感到一阵呼吸轻轻地从他脸上拂过，温暖又柔和，和他自己的呼吸交织在一起，他知道，是母亲来了，她正在亲吻他，用手轻抚着他的头发。他感觉到她的亲吻和她的泪水，于是轻轻地回应她的抚摸，把这视为两人和好的标志，视为她对他沉默的感激。直到多年以后，他才在这无声的泪水中明白了这位已不再年轻的女人的誓言，从今以后，她只想属于他，只属于她的孩子，她从此告别自己所有的欲望，不再涉足任何的冒险。他所不知道的是，她也感激他把她从一场注定无果的冒险中解救出来，此时她的拥抱就是一份甜蜜又苦涩的爱的重担，留给他未来的人生，正如一份遗产。那时的埃德加对此一无所知，他只是觉得被如此爱是一件很幸福的事情，却不知道，通过这份爱，他已经与世间的一个巨大的秘密联系在一起了。

她松开他的手，嘴唇离开他的双唇，这个身影静静地离开了，只在他的唇上留下一点余温，一丝气息。他心里涌起一股热望，想要更多地触碰这样的嘴唇，更多地接受这样温柔的拥抱，然而，这种对一个被渴念着的秘密的预感，此时已经被睡眠的阴影所笼罩。最后几个小时里经历的各种画面再一次在他眼前缤纷地闪过，记载着他青春的书再一次充满诱惑地打开。然后，孩子便睡着了，他生命中更深的梦境开始了。

恐惧

　　伊蕾娜夫人从情人的住处走下楼梯时，那股无名的恐惧又袭上心头。她突然晕头转向，眼前一黑，双膝冻僵似的不听使唤了，于是连忙扶住栏杆，免得一头栽下去。这并非她第一次冒险来见自己的情人，这突如其来的恐惧她再熟悉不过；哪怕心里打了预防针，回家路上她还是一而再再而三地被荒唐可笑的恐惧掐住喉咙。

　　来的路当然轻松一点。当时，她让车子在街角等她，然后便迫不及待地跑到几步远的大门前，一口气冲上台阶，对全世界视若无睹。那又心急又害怕的感觉，在和情人最初风暴般的拥吻中就已烟消云散。然而，回家的路却是另一回事，那股不可思议的恐惧总是寒战般袭来，混杂着愧疚与惊愕，以及某种愚蠢的疯狂。她担心每个路人都会看出她刚刚从哪儿来，并对惊慌的她报以狡黠的微笑。和情人最后几分钟的温存也被这节节升级的恐惧荼毒了；准备离开的时候，她的双手因为恐慌而抖个不停，全身心抗拒着残余的激情，以至于情人最后的几句话也听不进耳了。走，快走，她每个细胞都想逃离这个地方，逃离这房间、这屋子，逃离这次无谓的冒险，回到自己宁静富足的世界中去。情人对她说了些安抚的话，可是伊蕾娜夫人心里七上八下的，根本没在意；她只关心那扇守护着秘密的大门背后传来的声音，听听有没有谁上下楼的脚步声。门外，恐惧已经等着了，她一出来就被它粗暴地抓住，心跳都停了几拍，最后几乎是无意识地下了楼。

一分钟后，她闭上双眼，大口呼吸着傍晚时分楼梯间里沁凉的空气。这时，上面一层的某扇门突然重重地关上了。伊蕾娜吓了一跳，马上清醒过来，一边匆匆下楼，一边用颤抖着的双手把厚实的面纱拉了拉。现在还剩最后一关，那就是从陌生的房门走到大街上的可怕瞬间，她就像预备起跑的跳远运动员，低头含胸，心一横，冲向那扇半开着的大门。

突然，她撞到了一个刚刚想进来的女人。"抱歉。"她满脸狼狈地说，想从陌生女人身边跑过去。然而这女人用手撑着门框，拦住了去路，接着用恼怒的、不加掩饰的嘲讽眼神盯着她的脸。"我总算逮着你了，"她的气肆无忌惮，极其粗鲁，"啊呀，真是个良家妇女呢，看着倒真像！你这样的人，有丈夫，有家产，还嫌不过瘾，偏要抢走一个穷姑娘的爱人才满足……"

"看在上帝的分上……您到底在胡说些什么……您认错人了……"伊蕾娜夫人被吓得语无伦次，一边笨拙地挣扎着从她身边挤过去。不过这女人用她高大的身躯挡住门口，尖声辱骂起来："不会，我才不会认错人呢……我认得你……你刚刚从我男朋友爱杜亚德那儿出来，对吗？这回我总算逮住你了，我总算知道他为什么最近老说忙了……原来是因为你呀……你这个贱人！"

"上帝啊，"伊蕾娜夫人压低声音打断她的话，"请您不要大吵大闹了。"她别无他法，只能退回到门廊里。女人满面嘲讽地看着她。她得意地一笑，满眼讥诮，猎物害怕又无助的样子似乎使她更加趾高气扬。邪恶的快感让她说话都慢条斯理起来。

"贞洁又优雅的已婚贵妇，去偷情的样子原来是这样的呀……戴着面纱，当然要戴面纱啰，要不偷情之后你还怎么继续扮演贤妻良母……"

"您……您到底有什么企图？我压根儿不认识您……我得走了……"

"你想走啊……那当然……要回到你先生那儿嘛……回到你温暖的小窝里，继续扮淑女，还要那些仆人为你宽衣解带呢……不过，像我们这样的下等人，哪怕饿死街头，你眼睛也不会眨一下……除了爱情，我们什么都没有，你还要把它给偷了去，真是个淑女哦……"

伊蕾娜鼓起最后一丝勇气，听从内心某种模糊的直觉，从钱包里飞快地抽出一张钞票塞到女人手里。"给……这个给您……不过请您放了我……我再也不来这里了……我答应您。"

陌生女人用恶毒的眼神瞪了她一眼，接过钱。"婊子。"她喃喃说道。这个词把伊蕾娜吓得魂不附体，万幸的是女人终于把门让出来了，于是她拼了命一头冲出去，上气不接下气，大脑一片空白，像个跳楼自杀的人。身边闪过的路人的面孔都扭曲成了凶恶的鬼脸，她拼命往前跑，险些失去意识，总算在最后关头赶到了一辆等在角落的出租车跟前。她像扔掉什么重物一样把自己扔到车厢里，浑身僵硬，动弹不得。司机吃惊地询问这位古怪的乘客要去哪里，伊蕾娜一开始只是用空洞的眼神看着他，过了一阵，麻痹的大脑才明白过来他在说什么。"去火车南站。"她口中突然蹦出这么一句，一想到陌生女人可能还在跟踪她，心里就害怕得不行。"快快快，快开车！"

在车里的时候她才察觉到这次偶遇把自己吓成了什么样。她摸摸手，它们僵硬冰冷，像死物一样挂在身体两侧，她猛地一阵颤抖，全身险些要散架。喉咙里涌出一股苦味，恶心得想吐，同时又升起一股莫名的阴暗怒火，痉挛般要把她的内脏都翻出来。她此刻真想大叫，或者对身边的一切拳打脚踢，就为了从可怕的回忆当中解脱出来——它像一个鱼钩扎在她大脑深处：粗俗不堪的面孔，讥嘲的微笑，恶臭的贫妇，从她喉咙里涌出来的臭气，充满恨意的大嘴，把淫秽至极的词语吐到自己脸上，还有那紧握的血红的拳头，她用来威胁自己的武器。恶心感越来越强烈，已经冲到喉咙口，况且还有这开得飞快、颠簸不已的车子，伊蕾娜刚想请求司机慢点儿开，却猛地想起自己身上的钱不够付车费了，因为她把一大张票子塞给了那个勒索者。她匆匆示意司机把车停在路边，在他惊奇的目光中下了车。幸好钱包里的钱还够付。可接着，她发现自己流落到了一个陌生的街区，尽管双腿在恐惧的压迫下都快站不直了，她还是得回家。于是，伊蕾娜使尽最后一点力气，克服了深深的疲倦，从一条巷子跟跄地走到另一条，仿佛是在沼泽或者齐膝深的大雪中前行。最后，她总算到了自家门口，满脸慌乱、跌跌撞撞地上了楼，不过马上便收敛了表情，不让别人察觉到自己的不安。

她进门，女仆过来为她脱下大衣，一旁传来了小儿子和他妹妹的玩闹声，目之所及都是熟悉的事物，无不属于自己，充满安全感。此刻伊蕾娜才恢复了镇定，虽然胸脯还在激动的暗流冲击下隐隐作痛。她摘下面纱，整理了一下仪容，尽力让自己显得和善，接着便走进了饭厅，丈夫正在桌旁读报，桌子已经铺好，晚餐准备就绪。

"太晚了，伊蕾娜，太晚了。"他带着温和的责备问候她，站起身来，亲了亲她的脸颊，这让她心里不自觉地浮起一丝羞耻与尴尬。她坐到桌旁，丈夫头也不抬，从报纸后面淡淡地问了一句："这么晚，去哪儿了？"

"我刚刚……在……在艾米丽家里……她要出去采购，我陪她多走了一会儿。"她解释道，对自己的不谨慎感到恼火，这谎扯得也太差了。平时的话，她总会事先想好一个经得起各种推敲的借口；今天，在一时恐慌之下，她完全忘了要对丈夫撒谎这码事，于是临时想了这么一个不高明的说法。如果，她心里闪过一个念头，如果丈夫像上次两家人一起去看戏那样，回家之后还打电话去问艾米丽的话……

"怎么了？……你看着好像很紧张的样子……还有，帽子为什么一直戴在头上啊？"她丈夫问道。她吓了一跳，感觉自己在尴尬中被抓了个正着，她马上站起身来，走回房间，摘下帽子，久久地凝望着镜子里自己不安的双眼，直到找回那坚定的眼神。然后她才回到了饭厅。

女仆为他们上菜，这是一个很平常的晚上，虽然两人之间的话可能少了那么一点。与平时相比，这个晚上的谈话是那么索然无味，磕磕碰碰，让人疲惫。她脑海里总是一路回闪和那个陌生女人碰面的场景，每当回想起那一刻，她总会被吓一跳，然后便抬起眼睛，充满温情地打量着房间里充满着生机又亲切的每一样物品，它们身上都带着回忆与意义，这让她再度充满了安全感与轻盈的平静。墙上的挂钟用钢铁般的步伐不紧不慢地穿越着寂静，不知不觉间，她的心跳找回了平稳无忧、安然无恙的节奏。

翌日早上，丈夫去律师事务所上班，孩子们外出散步，而她总算迎来了独处的时光。在清澈的晨光下，那次可怕的偶遇在仔细反思之后好像也没有之前那么吓人了。伊蕾娜夫人先是想，昨晚她戴着非常厚的面纱，那个女人根本不可能看到底下的人长什么样，更别说认出她来。她静下心来，掂量着一切防患未然的办法。首先，她无论如何不能再去她情人的公寓了，这样的话，就排除了所有再遇见那个女人的可能。唯一的危险是在街上偶然再次遇见她，可是这未免太过荒唐，毕竟这座城市有两百万居民，而且她昨晚是搭计程车走的，那个女人不可能还跟着她。她也不知道自己的姓名和住处，要明白无误地分辨出面纱底下模糊不清的面孔，是完全不可能的事，因此无须担心。不过，就算她真的认出了我，伊蕾娜夫人心想，我也有脱身的办法。到时她只需要（她马上就下了决心）保持镇定，矢口否认一切，说明是个误会就行了。况且，除了当时当地，她根本没有任何证据证明那就是自己。要是这女人还不罢休，那就可以控告她敲诈勒索。伊蕾娜夫人的先生是首都最负盛名的辩护律师之一，她这律师太太可不是白当的，从以往丈夫和法律同行的交流中她很清楚地知道，对付敲诈勒索必须面不改色，快刀斩乱麻，因为任何一丝的犹豫和不安的迹象都会使敲诈者占上风。

伊蕾娜夫人采取的第一个反制行动，就是给情人写一封短信，说明她明天上午没办法赴约了，而且以后也不可能再赴约了。她写信的时候带着一丝高傲，得知对情人而言自己只是这么一个卑鄙下作的女人的替代品，她觉得很尴尬；写完之后，她充满恨意地审读了一遍，为自己这么冷酷地报了仇而高兴，借这封信她向情人表明，去不去他那里，完全取决于自己的心情好不好。

她是在一次晚上的闲聊中偶然认识她的情人的，对方是位颇有名气的钢琴师。不久后，她稀里糊涂地成了他的情妇。其实，她内心并不渴望他身上的任何东西，促成他们交合的既非肉欲也非灵魂。她把自己献给他，可是并不需要他，也没有强烈地渴望过他身上的什么东西，只是面对他的追求懒得反抗而已，又或者是出于某种不安分的好奇心。她一点也不想要他，她想要的肉欲的满足已经在婚姻的幸福中实现，而造成某些妇女出轨的原因——精神生活的萎缩——也不适用于她；事实上，她的丈夫家财万贯，学识渊博，远胜于她，她在和他的婚姻中感到某种市井意义上的心满意足。作为两个孩子的母亲，她舒舒服服地停靠在中产阶级那风平浪静的港湾里。然而，这家庭生活的氛围中有那么一种软弱无力的感觉，一种温暾暾的幸福，就像潮热的天气或者即将来临的风暴，比不幸更让人心旌摇荡。饱胀和饥饿一样，让人冲动不安，正是生活的风平浪静激发了她冒险的好奇心。

而现在，就在她心满意足，一切尽在掌握之时，这个年轻人走进了她富庶的市民生活。平时她身边只有一些开着无伤大雅的玩笑、打情骂俏的绅士，他们崇拜"窈窕淑女"，可并不把她们作为女人来渴望。面对这个年轻人，她内心自青年时代以来第一次感到了悸动。或许，他身上唯一吸引她的是那一丝抑郁的影子，它在他独特有趣的五官之间游移不定。

一直生活在富足的中产阶级之间的她，在这种谜一般的抑郁中感到了一个更高层次的世界的存在，于是不知不觉从自己日常情感的边缘探出头去，为了细看这全新的气象；然而，对于女人来说，好奇心总是无意间和感官相连。她的一句赞美，兴许只是过于沉浸在演奏之中所以脱口而出的冒失话，却让他从钢琴边上抬起双眸，望向那个召唤他的女人，两人的目光便在这一瞬间相接了。她吓了一跳，然而马上感受到恐惧带来的快感，演奏结束后的一场对话，像地下火一样把一切照亮、点燃，让她的好奇心越发不可收拾，和他在另一场音乐会上的再次相逢已不可避免。他们越来越经常地碰面，不久之后便成为日常。他一再保证，对一位真正的艺术家来说，她的理解和观点至关重要。在虚荣心的驱使下，她几周后就不加思索地接受了他的邀请，去他家里听最新作品的演奏——这个承诺的意图可能并不真诚，可是在后来的一番亲吻和她自己都觉得震惊的献身中，早就不再重要。她的第一感觉是惊愕，因为事先完全没想到这一切会过渡到肉欲；他们关系里最初的精神与灵魂的洗礼，在这一肉体的冲撞中突然化为乌有，然而这场意外出轨所带来的罪恶感很快就被令人心痒的虚荣所抚慰，因为她感到，自己有生以来第一次主动否决了以前生活的那个富足的市民世界。不过，这神秘的激情和冲动也就维持了一阵。她内心深处本能地排斥这个男人，特别是排斥他所代表的那种全新的东西，那种和她的世界格格不入的东西，尽管恰恰是这激发了她的好奇心。只要一意识到他的身体在自己旁边，这场游戏中使她心醉的激情就转变成惊恐不安；她并不想要这突如其来、霸道专横的拥抱，她总是不由自主地把这男人的粗鲁和自己丈夫那结婚多年依然恭敬如宾的温情相比较。可是，第一次出轨之后，肯定就会有第二次、第三次，这一切算不上幸福，也不能说是失望，一切只是某种义务感和习惯带来的惰性罢了。几周后，她已经把生命里的一小块地方打扫干净，留给了这个年轻人，每周赏他那么一天，就像每周探望一次公公婆婆一样，不过她从未想过要为了他放弃旧有的秩序，她只想在它之上增添点新细节而已。情人的存在没有改变她舒坦人生的一丝一毫，他成了某种意外之喜，如同多生了一个孩子或者买了一辆新车。很快，和他的会面也不再是什么冒险了，而是像某种应得的享受那样，平淡无味。

此刻，她第一次可能要为这次冒险付出代价，于是便开始斤斤计较起来，掂量它在自己心中的分量。她生来命好，受尽家人娇惯，家境优渥，要什么有什么，继续这段关系只会给她带来不愉快，一开始就有违她怕苦怕累的天性。她可不愿意牺牲自己的无忧无虑，于是想都没想就决定祭出自己的情人，那样以后就可以继续过着安逸的日子。

情人的回信当天下午就送到了她家里，信写得惊惶失措、语无伦次，想必是被她的决定吓了一跳。情人发了疯似的恳求她，指责她，向她诉苦，这使得伊蕾娜夫人的内心产生了动摇。他迫切至极地恳求她，起码再见一面，如果他之前无意中冒犯到她的话，请给他一个解释的机会。这场新游戏让她兴奋，她觉得大可以跟他再闹一阵脾气，不必解释为什么抛弃他，好巩固自己在他心目中的地位。于是，她回信约他在一家甜品店碰面，她突然记起自己年轻的时候曾在那儿和一位演员幽会过，当然，这约会是那么恭敬如宾、天真无邪，现在想起来真的好幼稚。奇怪，她心想，嘴角禁不住上扬，她生命里其实曾经有过那么一点浪漫，多年婚姻生活之后早就消耗得差不多了，如今却再度绽放。想到昨晚和那个女人的风暴般的相遇，她几乎乐在其中，因为她很久以来都没有真正地激动过一回了，昨晚，她麻痹的神经突然醒来，在身体深处不停地搏动着。

这次，她穿了一件深色的不起眼的连衣裙，换了一顶帽子，这样就算再遇到那个女人，也能迷惑她一下。本来她还打算戴上面纱，好让自己不被认出，可是最后一种突如其来的高傲让她摘了下来：她，一位德高望重的贵妇，出门居然要担心被某个无名氏认出？

她出门的那一刻，一丝飘忽不定的恐惧传遍全身，引起一阵神经质的寒战，就像游泳者投身波浪之前脚尖触水的那一刻。不过这冰冷的恐惧就持续了一秒钟，瞬即转化成一种罕见的沾沾自喜，让她迷醉；她感到一股前所未有的欲望，想要绷起双腿，抬头挺胸，轻盈有力地信步往前行。某种说不清楚的意念驱使她在恋爱冒险那神秘的、磁石般的吸引力中越行越远，可是甜品店就在没几步远的地方了，她感到很扫兴。

约定的会面时间马上就到，而且，在内心，一种令人愉悦的感觉告诉她，情人已经等在那儿了，这次她又打了个漂亮的胜仗。果不其然，她进甜品店的时候他就坐在角落里，一见到她便激动得跳起来，这使她又感动又尴尬。他看起来心情狂躁，难以自制，用一大串问题和责备轰炸她，她得提醒他别说那么大声。她闭口不谈抛弃他的真正原因，而是含糊其词，顾左右而言他，这使得情人更加抓狂。这一次，她没有迁就他的任何愿望，甚至连承诺都不敢做，因为她感觉到，自己突然全身而退是多么伤他的心……半个小时紧张不已的谈话之后，她终于离开了他，没留一点温情，也没给半字承诺，然而此刻，她心里却有一种奇怪的感觉在燃烧——只有在还是个小姑娘的时候，她才有这样的感觉。她觉得自己心底深处有一小撮飘忽不定的火星，就等着风把它吹成熊熊大火，把自己烧个精光。她如饥似渴地吮吸巷子里每个过路人撞到她身上的目光，一想到以后还能如法炮制，使其他男人也对自己飞蛾扑火，那意外的胜利感便让她激动得不能自控。她现在是那么渴望看到自己的脸，以至于突然在一家花店的橱窗前停了下来，在红玫瑰和娇艳的紫罗兰之间欣赏自己的姣好面容。青春消逝以来，她再也没体会过这样一种轻盈、活泼、生机勃勃的感觉，无论是新婚蜜月还是和情人最初的拥抱，都不能使她的身体火花四射，一想到自己马上就要回到日常生活中去，告别这种血液中令人上瘾的甜美，她就受不了。她恼火地继续前行。在自家门前，她犹豫不决地站住，深呼一口气，最后一次回味这个小时里火烧火燎、使人迷狂的感觉，要把它印在心底，这是这次冒险的最后余韵。

这时，有人碰了碰她的肩膀。她掉过头去。"是您……您，您来这里干什么？"看到那张恶脸的一瞬间，她吓得差点昏死过去，结结巴巴地吐出几个字，然而，更可怕的是，她听见自己说了这句注定把她推向毁灭的话。出门之前她对自己千叮万嘱，如果再碰见这个女人，就当没见过她，矢口否认所有的事，态度要硬一点，直接告她勒索……可是已经晚了。

"我在这儿等您半小时了，瓦格纳夫人。"

伊蕾娜大惊失色。这么说，这女人知道她的姓、她的住址。完了，现在一切都完了，她只能任她宰割。

"我在这儿等您半小时了，瓦格纳夫人。"女人重复了一次她的话，既像责备，也像威胁。

"您……您来我家……有何贵干？"

"您应该知道才对呀，瓦格纳夫人，"——听到她叫自己夫家的姓氏，伊蕾娜又吓了一跳——"您知道我来的目的。"

"昨晚之后我再也没见过他……您放过我吧……我再也不会去见他了……再也不会了……"

女人懒洋洋地等着，直到伊蕾娜激动得再也说不出一个字。然后，像对待下人一样，她极其粗鲁地喝道：

"别扯谎了！我可是跟着您到的甜品店，"见到伊蕾娜后退了一步，她嘲讽地补了一句，"我呀，没有工作。店里的人把我解雇了，说什么人手充足了，什么时势不好，要精简员工。喏，不用上班了，这么好的机会，我们这种人可不能错过呀，我们也要出来散散步，解解闷……向您这样的淑女看齐。"

她这话说得那么恶毒，就像刀子一样刺进了伊蕾娜的心。她手无寸铁地面对着这卑鄙的赤裸裸的暴行，一股恐惧在心底里螺旋上升：这个人很可能会开始大吵大闹，她的丈夫随时都会过来，那样就真的完了。她飞快地从皮手笼里掏出一个银手包，取出所有的钱，塞给那个女人。

然而，女人拿到钱后，那只无耻的手并没有像上次一样知足地放下来，而是僵硬地停留在半空，五指张开，就像猛禽的爪子。

"把那个包也给我，要不我怎么装钱！"女人的嘴角充满讽刺地上扬，满脸得意。

伊蕾娜看了她一眼，就一秒钟。那张脸上邪恶、无耻、讥讽的微笑简直让人忍无可忍。她感到一阵恶心，它灼热、刺痛，贯穿了全身。快跑，快跑，再也不要看见这张脸了！她转过身，看也不看就把那个名贵的手包甩给她，然后见了鬼似的飞快往楼上跑。

丈夫还没回家，她可以直接倒在沙发上。伊蕾娜躺在上面，浑身动弹不得，仿佛刚刚被铁锤砸到。只是在丈夫的声音从门口传来那会儿，她才使出吃奶的气力站了起来，下意识地拖着身子走到另一个房间，大脑一片空荡荡。

恐惧进了屋，待在房间里不肯走。在这空虚无措的几个小时里，与那个女人的可怕相遇带着全部细节一浪接一浪地将她冲回记忆的岸边，她这才明白自己的处境是多么无望。那个女人居然——天晓得通过什么途径——知道她的名字、她的住处，而且在第一次得手之后，肯定还会一而再再而三地上门，利用她知晓的秘密来敲诈勒索。她会像噩梦一样，日复一日、年复一年地压在她身上，无论自己怎样绝望地反抗，都摆脱不了；虽然她家境优渥，丈夫也有钱，可是这样长年累月未经丈夫同意便调用大笔钱财摆脱那女人，是根本不可能的事。而且，从丈夫偶然跟她讲过的案例和诉讼中，她得知，这样一个老奸巨猾、不知羞耻的女人所作的任何承诺和约定都只是一纸空文。一个月，顶多两个月，她想，还能用钱打发这个噩梦，然后她那阖家幸福的大楼就会坍塌，唯一让她在绝望中感到些许快慰的就是，如果她倒了，那女人也会同归于尽。

此刻，她惊恐地断定，一场大灾难的到来是不可避免的，逃也逃不掉。可是……到底是什么样的灾难？她从早到晚一直在想这个问题。总有一天，她丈夫会收到一封信，她几乎能看到他气得脸色惨白、目光愠怒地朝自己走来，一把抓住她的双肩，质问她……可之后呢……之后又会怎样？他会怎么做？

假想突然消失在一阵狂乱、暴虐的恐惧之中。她完全猜不透接下来会发生什么，所有的预设都眩晕着掉进深渊。在冥思苦想之间，她突然惶恐地意识到：自己根本不了解眼前这个男人，也猜不透他会做出什么样的决定。当初，她只是奉父母之命才嫁给了他，她心底里并不抗拒这个男人，一开始就对他有好感，后来这些年更证明了这个选择没有错。婚后八年，她和他一起生活得舒适、宁静、美满，怀了他的孩子，有了一个家，和他同枕共眠无数个日夜。直到今天，在质问自己他对此事会有什么可能的反应时，伊蕾娜才意识到，这个男人一直以来只是个陌生人罢了。直到现在她才开始细细回顾他的人生经历，想从中推测出他是个什么样的人。在每一个回忆的细节上，她的恐惧就像锤子一样，战战兢兢地敲几下，为了找到通往他内心秘密的大门。

她苦想了一阵，既然话语不能告诉自己他的为人，那不如看看他的脸吧，现在他正坐在扶手椅上读书，电灯光把他的脸刻画得棱角分明。她仿佛第一次看见他那样，深深地凝望他的面容，想从这张本来熟悉，可是一下子陌生起来的脸上解读他个性的密码。他的额头光洁无瑕，仿佛是用强大的精神与灵感雕刻出来的，嘴巴的线条严峻而坚定。在这具充满男子气概的躯体上，一切都简洁、干练、生机勃勃、意气风发。伊蕾娜吃惊地发现，他是如此俊美，他那沉稳又严肃的姿态令人赞叹，冷峻威严的气质一目了然。他埋藏着所有秘密的双眼正专注地看着手中的书，因而没察觉到伊蕾娜正在打量自己。她可以·直这样带着疑问凝视他，仿佛他身体的轮廓正汇聚成一个词语，或是宽恕，或是诅咒，他陌生的形体冷酷得让她害怕，坚定中却又散发着一种非凡的美。她突然意识到自己是那么爱看他，带着欲望，也带着自豪。这时他突然从书中抬起头来。她连忙退回到黑暗中去，好不让自己询问的眼神触发他心中的疑虑。

她整整三天足不出户。她不安地发现，自己如此坚定地待在家里已经让其他人察觉到了异样，因为平日里的她可爱社交了，根本不可能几个小时甚至一整天不出门。

最初发现这一异样的人是她的两个孩子，尤其是哥哥。他个性很天真，丝毫不掩饰对妈妈整天都在家的惊讶，这让她非常尴尬，而用人们则在私底下嚼舌根，和家庭女教师风言风语。伊蕾娜徒劳地挖空心思，想出各种理由，忙这忙那的，就为了让自己待在家里的时候不要太显眼，可是无论在哪里，她总是帮倒忙，打破了家里往日的秩序，使得自己的在场更加可疑。她本可以聪明地全身而退，安安静静地躲在房里看书或者做针线活，那样别人就察觉不到她是被软禁了；可是她十分不擅长掩饰，而且内心一波强似一波的恐惧使她精神紧张，手忙脚乱，整天从这间房跑到那间房。每次电话响或者有人摁门铃她都吓得魂飞魄散，这种神经质的状态令她意识到，自己的人生这回是真的毁了。软禁在家的三天对她来说比婚后八年还要漫长。

然而，在第三天晚上，她收到了一份请柬，有人请她和丈夫一同赴约，这邀请一时半会儿如果没有站得住脚的理由根本推不掉。如果她不想毁掉自己，就必须打破这围住她人生的、看不见的恐惧的铁栏。她要去见见人，抓住几个小时喘息的机会，否则就会一直自己吓自己，最后粉身碎骨。况且在别人家里，被一群亲戚和好朋友围着，这不是更安全吗？这样的话，她就不用害怕被看不见的人跟踪了，更不用害怕有谁会截住自己的去路。

她走上大街的第一秒，全身泛起一阵寒战，这是她上次交锋之后第一次走出家门。她下意识地紧紧搂住丈夫的肩膀，闭着眼睛，飞快地穿过人行道，走到停在路边的车子旁。他们终于上了车，她安稳地陪在丈夫身边，在夜色中穿越空无一人的街道，这时那重担才卸了下来，在走上朋友家门口的台阶那会儿，她知道自己得救了。这几个小时里，她又可以做回以前的自己，无忧无虑，快快乐乐，就像一个从地牢里释放出来走到阳光下的人，她从未像今天这样意识到自己的快乐。在这里，所有的威胁和仇恨都被挡在墙外，在这里只有她爱的人，敬重的人，妆容精致、衣着优雅的人，他们在安逸的火焰映照下脸色红润，那享乐和无忧无虑的波浪最终也席卷了她。因为，在踏进门的那一刻，她从其他人的眼神里察觉到，她很美，而此刻这种一直以来都缺失的自信使得她更美。

一旁传来的音乐让人无法抗拒，穿透了她灼热的肌肤，直达心底。舞会开始了，不知不觉，她走到了人群中心。她一生中还没有像现在这样跳过舞。急速回转让她摆脱了所有重负，一呼一吸间节奏融入四肢，身体飞旋如火舞流星。音乐停下来的时候，她的身体在陡然静止间居然隐隐作痛，因为只要舞步停了，她就会开始回想，回想一切，回想"那件事"，只有轮舞时永不停息的火焰能点燃她恐惧的肢体，使她如获新生，音乐与节奏把她抛入冷冽而裹挟一切的水流下，她恨不得一头扎进舞蹈的漩涡之中。平时她只是一个平庸无趣的舞者，总是跳得太谨慎、太稳重，动作太僵硬；然而此刻刚刚摆脱恐惧，愉悦的迷醉把她从自己身体里解放了出来。她无拘无束，倾尽一切，幸福得快要融化了。她感觉到自己四周那数不清的肩膀和双手，匆匆触碰之后又飞快地告别，她听到人群中转瞬即逝的欢声笑语，享受着血液深处音乐的律动，全身上下的衣服好像着了火那样，以至于她下意识地渴望挣脱一切束缚，脱掉全部衣服，坠入迷醉的深渊。

"伊蕾娜，你怎么回事？"她闻声转过头来，身体还拥在舞伴火热的怀抱中，眉眼间还带着盈盈笑意，头晕目眩。然后，她看见了丈夫诧异的目光，它冰冷又无情，一下子刺进她的心脏。伊蕾娜吓了一跳。她刚刚跳得太放肆了吗？她是不是暴露了什么？

"你……你在说什么呀，弗里茨？"她支支吾吾地说，还没从与他目光相碰的惊恐中缓过神来。丈夫越来越仔细地打量她，仿佛早就看穿了她心里的一切。她差点就要承受不住他锋利的目光而尖叫起来。

"真是奇怪。"沉默了好一会儿之后,他总算开口,喃喃说道。他声音里有一种深深的惊异。她不敢问他指的是什么。不过,看到他无语地转过身去,把宽大强健的肩头和僵硬地耸起来的脖子对着她,她突然被一种恐惧攫住。他看起来就像个杀人犯,她脑海里飞快地闪过这个念头。她仿佛第一次见到自己的丈夫,而且直到现在才惊恐地意识到,他很强大,很危险。

音乐声再次响起。一位先生上前邀她跳舞,伊蕾娜机械地挽住他的肩膀。可是现在所有卸掉的重负又回来了,无论音乐多么轻快,她的身体都像灌了铅一样动不起来。这种沉重从心脏一直蔓延到脚尖,每走一步她都觉得疼痛不堪。末了,她只好请求舞伴放开她。离场的时候她下意识地回头看了一眼丈夫是不是还在附近,然后发现他就站在自己身后。她吓了一跳。他正用空洞的眼神和她对视,好像一直在等她。他到底想干什么?他到底知道了什么?她下意识地把连衣裙在胸前捧起来,仿佛要遮住自己赤裸的胸脯。他的沉默就像他的目光一样坚决。

"走吗?"她战战兢兢地问道。

"嗯。"他的声音听起来生硬、冰冷,充满了恶意。他在前面开路。她又看见了那粗壮、极具威胁性的后颈。

穿上皮草之后，她还是冷得发抖。两人坐车回家，路上没说一个字。她不敢吭声。她感到，自己又多了一个新的敌人，前后夹击，她已经没有退路了。

那天夜里，她做了一个噩梦。一首她不认识的曲子响了起来，回荡在高大明亮的舞厅里，她进场，汇入看不尽的人群与色彩之中，突然有一个她好像见过可是又认不出是谁的年轻男人冲破人海朝她走来，捉住她的手臂，邀她共舞。她感到快乐而轻松，乐声的海浪把她托起，她感觉不到地面了。于是，他们一路跳着穿过了许多金碧辉煌的大厅，里面的吊灯仿佛日月星辰一样挂在空中，散射着微弱的火光，墙上是一面接一面的镜子，把她自己的微笑映照出来又抛出去，直至二人迷失在无尽的反射之中。舞步越来越炽烈，音乐越来越火热。她发觉，自己年轻的舞伴贴得越来越近了，他把手探到她赤裸的臂弯里，她在痛苦的情欲中呻吟起来，而在此刻，在两人四目相对之时，她觉得自己认出了他。他是那个演员，那个自己还是个小姑娘的时候就爱得发狂的演员，还未等她惊喜地叫出他的名字，年轻人就用热吻封住了她的嘴唇。他们的嘴唇熔化为一体，如胶似漆地拥抱着彼此，就像被极乐世界的风托着，从一个又一个的房间飞过。无尽的墙壁从旁划过，飘浮的天花板突然消失不见，她感觉到自己的身体说不出的轻盈，自己的四肢无拘无束。突然，有个人从后面碰了碰她的肩膀。她停下来，音乐声戛然而止，天幕华灯尽数熄灭，黑魆魆的墙壁迎面压来，身边的舞伴不知其踪。

"你这个小偷，快把他还给我！"——是她，是那个面容可憎的女人——她的尖叫在四壁回响，冰冷的手指紧紧掐住伊蕾娜的手腕。她吓得站起身来，听见自己在放声大叫，这惨叫就像疯子叫出来的一样，在大厅内回荡。两个女人开始搏斗，可那个女人更有力，她先是把伊蕾娜的手链扯下来，然后又撕掉她半边裙子，碎布之下乳房和肩膀都露了出来。一转眼的工夫，她又回到了人群中，他们从各个大厅闻声而来，盯着半裸的她，嘲笑她，对她指手画脚。那女人则尖声大叫起来："就是她，就是她把我的男人偷走了，这个红杏出墙的女人，这个妓女。"她不知道该往哪里躲，又该看哪里才好，因为人们突然拥上前来，带着好奇与起哄的神情围观她赤裸的身休。她惊慌失措地求救，突然在昏暗的门边上见到了她的丈夫，他正无动于衷地站着，右手藏在身后。她大叫一声朝他奔去，穿过一个又一个房间，身后贪婪的人群怒不可遏，她觉得自己只剩一半的连衣裙越滑越低，拉都拉不起来了。此时，一扇门在她前方打开，她迫不及待地冲下台阶，可没有想到的是，那个邪恶的女人已经穿着她的小棉裙,张开毒爪等在下面了。她连忙跑向一边,发疯似的夺路而逃,可是那女人在身后穷追不舍,她们两人在夜色中疯跑,街上阒寂无人,路远得仿佛没有尽头,路灯狞笑着朝她们低下头来。她听见身后女人木底皮鞋咔嗒咔嗒的声音,可每次只要她在街角转弯,那个女人总是从转角跳将出来,她无处不在,埋伏在每一栋房子的后面。她有无数个分身,总是赶在伊蕾娜前头阻击她,她还没来得及跑开,膝盖就已经吓软了。最后她总算跑到了自家门前,于是猛地冲上楼梯,可刚打开门,就见到手持尖刀的丈夫用凶恶的目光盯住自己。"你去哪儿了?"他阴暗地问道。"哪儿也没去。"她听见自己说道,突然背后传来了一阵刺耳的大笑。"我看见了!我看见了!"那个女人高声狞笑,冷不丁地站在她身旁,笑得像个精神病人。然后,丈夫举起刀子。"救命!"她高呼,"救救我!"……

她抬起眼睛,惊慌不已的目光和丈夫的相遇了。到底发生了什么事?她在自己房间里,吊灯发出黯淡的光,她在家,在自己床上躺着呢……原来只是个梦。可是,为什么丈夫要这样坐在她的床边,像探病一样看着她?谁开的灯?为什么他要这样一动不动地坐着,那么严肃地看着她?她心中充满了恐惧。她下意识地瞧了瞧他的手:不,那里没有刀子。刚刚睡醒的麻木感渐渐褪去,他的形象也不再像雷鸣一样遥不可及。她肯定只是做梦而已，对，在梦中惊叫，然后把他也吓醒了。可是他看她的眼神为什么那么严肃，那么刺人，那么冷酷无情？

她试着挤出一丝微笑："怎……怎么啦？你为什么这样看着我？我只是做了个噩梦。"

"嗯，你在梦里叫得很大声。我在隔壁房间都听见了。"

我叫了些什么？我不小心泄露了什么秘密？她惊慌地想，他知道了什么？她几乎不敢抬头直视他的眼睛。不过，他眼里带着一种罕见的平静，正一本正经地低头看她。

"伊蕾娜，你到底怎么了？你肯定有什么事。这些天来你像变了个人似的。你好像一直在发烧，紧张不安，经常走神，梦里还喊什么救命。"

她用尽全力使自己微笑起来。"不行。"他固执地说，"你肯定有事瞒着我。你是不是有什么苦恼，或者心底受到了什么折磨？全家上下每个人都察觉到你变了。你要信任我，伊蕾娜。"

他不经意地贴近了她一点，她感觉到他的手指在抚摸自己光滑的手臂，他的眼里闪烁着异样的光。她此刻是多么渴望马上投入到他坚实的怀抱里，紧紧地拥抱他，向他坦白一切啊，她会抱着他不松手，直到他因为不想看着她受苦而原谅她为止。

然而，在吊灯微暗的光线下，她的面孔一览无遗，她觉得要坦白一切实在太过羞耻。她不敢开口。

"弗里茨，别担心，"她挤出一点微笑，虽然从头到脚都在颤抖，"我只是最近精神有点紧张。很快就会没事的。"

那只紧紧搂住她的手猛地缩了回去。看到这一幕，她感到毛骨悚然，在吊灯的玻璃色光线下她看到他的额头突然乌云密布。他慢慢站起身来。

"我不知道你怎么回事，我只是觉得，这几天你好像一直有什么事要跟我说，只关乎你我二人的事。现在没有其他人在，伊蕾娜。"

她躺在床上，全身动弹不得，仿佛被他严肃又令人看不透的目光催眠了。要是能坦白该多好，她想，哪怕就说一个字，一个微不足道的词儿——对不起，那这件事就结束了，他也不会追问她到底做错了什么。然而，这该死的吊灯啊，为什么要一直开着它？这放肆、无礼的灯光，就像在监听似的。她想，要是在黑暗中自己肯定能把秘密和盘托出。可是这灯光让她焦虑。

"好吧，你真的，真的没有什么要跟我说的？"

多么可怕的诱惑，他的声音又是多么温柔无害！她从未听过他这样子说话。可是这光，这吊灯，这明晃晃的、贪得无厌的灯光啊！

她给自己鼓了鼓劲。"你在想什么啊，"她大笑，被自己声音里的虚假给吓到了，"我睡不好，所以就有秘密瞒着你啰？能有什么秘密，婚外情吗？"

她又被自己吓了一跳，这话听起来那么假，那一瞬间恐惧简直入心入肺，她忍不住从他身上移开了目光。

"那好——你睡吧。"他这话说得简明扼要，尖锐无比，声音也变了。听起来仿佛是在威胁她，或者在恶意地嘲讽她。

然后灯灭了。她看到他苍白的身影消失在门后，俨然一个夜游的幽灵。门关上的时候，她觉得像是棺材合上了一样。这一瞬间，她觉得全世界的人都灭绝了，只剩下她这具空壳，只剩下自己的心脏在僵死的身体里疯狂跳动，每次搏动都直冲胸膛，让她痛不欲生。

翌日，全家人坐下来吃午餐的时候——两个孩子刚刚在打架，用尽九牛二虎之力才使他们好生安静下来——女佣递上了一封信。是给夫人的，她说，而且对方要求马上回信。伊蕾娜吃惊地看着信封上陌生的笔迹，匆匆把信拆开，刚读了第一行字便面色煞白。她猛地站起身来，在大家不约而同的惊异中察觉到自己的反应有多么激烈，这比那封信本身还让她害怕。

信很短，只有一句话："请您马上交给送信的人一百克朗。"歪歪扭扭的字显然是故意用左手写的，没有署名，没有日期，只有这句吓人的命令。伊蕾娜飞奔回房间取钱，可是钱匣子的钥匙不知道放哪儿了，她像发着高烧一样把所有抽屉翻了个遍，直至找到钥匙为止。她颤抖着把一张一百克朗的票子装进一个信封，然后交给在门口等着的传信人。这一切是无意识地发生的，她仿佛被什么人催眠了，连犹豫的余地都没有。然后她便——她才离开不到两分钟——回到了饭厅。

在座的人一声不吭。她惴惴不安地坐下来，想为自己的失态找个借口，然而——她的手抖得那么厉害，不得不把刚刚举起的杯子又放了下来——她惊恐地发现，刚刚因为太过慌张，把那封信忘在了饭桌上，白纸黑字的信纸就摆在她的盘子旁边。她偷偷伸出手去把信捏成一团，正想藏起来的时候，却迎面碰上了丈夫强硬的目光——那是她在他身上从未见过的严厉、锐利、痛苦彻骨的目光。这几天里，他不断用这样的眼神向伊蕾娜表明自己的怀疑，她对此总是不知如何回应，只能一个劲儿地发抖。当初在舞池里他就是用这样的目光看着她，昨晚的梦中，也是这样的刀一样锋利的目光悬挂在她的睡眠之中。正当她想说一句话来缓解紧张气氛的时候，她突然记起了一段本来早已遗忘的往事：丈夫有一次跟她提到，自己打官司的时候见过一名检察官，后者以一种特别的审案技能著称。他有近视眼，诉讼时总是埋首读文件，然而遇到某个真正具有决定性的问题的时候，他会闪电般猛地抬起头来，用匕首一样尖锐的目光审视被告，后者被这突如其来的凝视吓得乱了阵脚，之前苦心经营的谎言就会不攻自破。丈夫现在是想对她采用相同的伎俩吗？

伊蕾娜越往下想，就越害怕，她意识到，丈夫热衷于心理战的程度早就超过了一名律师所必需的职业技能；侦查一桩罪案并解释它的来龙去脉，对他来说就像赌博或者看色情小说一样刺激，这几天的心理战肯定点燃了他追踪猎物的激情。他夜里经常精神紧张，火烧火燎，把以前相关的案件裁决书找出来通读一遍，表面上却装得铁面无情，让人看不透。他不思茶饭，烟不离手，惜字如金，把所有的话都留到法庭上说。她曾经旁观过一次他的辩护，之后就再也没去过，因为她整个人被吓愣了，丈夫身上居然有这么阴暗的激情，他说的每句话都恶毒至极，脸上的每根线条都格外粗野。此时，在他那紧蹙的、充满威胁的眉头下，无情的双眼正一动不动地盯着自己，伊蕾娜仿佛回到了庭审的那一天。

遗忘已久的记忆此刻一股脑儿涌上来，这使她好不容易才汇聚到唇间的话语也难以说出来了。她保持着沉默，可又更加抓狂地意识到，这沉默真的很危险。幸好午饭很快接近尾声，孩子们跳将起来，欢叫着冲进隔壁的房间，家庭女教师见状马上跟在后面，叫淘气包们不要太大声。丈夫也站起身来，看也不看就迈着沉重的步子进了房。

刚剩下自己一个人，伊蕾娜就摊开了那飞来横祸的来信。她又扫了一眼那句话："请您马上交给送信的人一百克朗。"末了，她把它撕得粉碎，捏成一团，想扔进废纸篓，却突然想到，要是有人把信的碎片粘起来那就糟了！于是连忙收手，去到火炉边，把信扔进噼里啪啦的火舌之中。明亮的火焰旋转着吞噬了这个威胁，她此刻才松了一口气。

就在这时，她听见丈夫从房门边走回饭厅的脚步声。她连忙站起身来，火炉还在冒烟，她被抓了个正着，因为羞耻而满脸通红。炉子的门还开着，秘密即将败露，她想挪过身去把它遮住。可他并没有往这边来，只是——看似随便地——坐到饭桌前，划火柴点了一支烟，火苗凑到他面前的时候，伊蕾娜觉得他的鼻翼正在恼怒地抽搐。他平静地抬头看了看她，淡淡地说："我只是想提醒你，你没有必要把自己的信给我看。如果你有什么秘密不想跟我说，那也是你的事，没有人逼你。"她不吭声，不敢抬头看他。他等了一会儿，然后就从胸膛深处猛呼一口气，把烟吐了出来，之后迈着沉重的步子离开了房间。

她现在什么都不想，只希望好好过日子，麻醉自己，她的心被日常的空虚与无谓的琐事填满了。她受不了继续关在家里，她觉得无论如何都要上街去，要到人群中去，否则一定会在恐惧的重压下疯掉。她希望那一百克朗可以从勒索者手中买来几日安宁，因而决定出门走走，这样怎么也好过在家里担心这担心那，还要拼命掩盖自己性情大变的事实。她有自己逃避现实的方式。家门一打开，她就闭上眼睛，像跳水一样跃进熙来攘往的人流中。坚实的铺石路面又回到了脚下，温暖的人潮再一次向她涌来，她以一位淑女最快的步速匆匆向前走去，心里绷得紧紧的，不想让任何人认出自己，眼睛一直盯着路面，盲目地横冲直撞，心里显然还是害怕遇上那道危险的目光。就算真的有人在跟踪她，她也不想知道。可是，她发现自己脑子里来来回回想的只是这一件事，不留意撞到路人的时候总是一惊一乍。街上的每一种声响，迈出的每一个步伐，旁人的每一个身影，都让她的神经隐隐作痛，只有在车子里或者别人家里她才能喘一口气。

一位先生向她打招呼。她抬头认出了这位娘家旧时的老朋友，一位和善、健谈、胡子已经灰白的男人，平时她见到他总是能避就避，因为此公总爱跟别人抱怨他身体的小病小恙，那兴许只是他自己臆想出来的病痛。她像平日那样只是点头致意，然后自行其路，可是马上就后悔了，毕竟，一个熟人可以用来做盾牌，挡住那个勒索者的突袭。她犹豫了一下，本想折回去，然而觉得身后好像有人加快脚步向她跑来，便本能地、想都不想地往前跑。她感到那个跟踪她的人也加快了脚步，这种预感让她背脊发凉，内心的恐惧节节上升。她跑得越来越快，尽管她知道被追上已经是不可避免的事。她感觉到了，那只手，那个女人的手，下一秒就要伸过来了——脚步声越来越近了——她的肩膀开始打寒战，膝盖快要站不直了。来了，她来了，她感到对方已经近在咫尺，背后还传来了一句虽微弱然而迫切的叫声——"伊蕾娜！"她突然发现这不是那个女人的声音，不，这不是那个厄运使者的声音。她长呼一口气，转过身来：原来是她的情人。她突然停了下来，他险些就和她撞了个满怀。

情人面色苍白，脸上写满了激动和惶恐，此刻见到伊蕾娜不解地打量着他，又多了一份羞耻。他不自信地伸出一只手来，可马上又收了回去，因为伊蕾娜并没有朝他伸出手。她只是目不转睛地看着他，一秒、两秒，他的出现对她而言是那么意外。在这不得安生的几天里，她彻底忘记了他的存在。可是现在，当他满脸惨白、神色慌张、大脑空空地站在一边时，伊蕾娜突然怒了。她嘴唇颤抖着要对他说什么话，脸上的激动显而易见，情人见状吓得往后退了一步，结结巴巴地问她："伊蕾娜，你怎么了？"当他见到她不耐烦的手势时，马上又充满愧疚地补了一句："我到底做了什么让你不高兴的事啊？"

她快要压抑不住内心的怒火，直勾勾地看着他。"你做了什么让我不高兴的事？"她讥讽地大笑起来，"才没有！你什么坏事也没做过！你专做好事！好得不得了！"

他目瞪口呆，嘴巴惊讶得合不拢了，这让他本来就愚蠢的脸显得更加可笑。"可是伊蕾娜……伊蕾娜！"

"请不要大吵大闹。"她恶狠狠地训了他一句，"还有，别在我面前要猴戏。她肯定就在附近偷听，对吧，你那个天真无邪的女朋友，下一秒就要向我扑过来……"

"你……你说的是谁呀？"

她真想给他的脸上来一拳，把这张僵硬无神、歪歪曲曲的白痴脸打个稀巴烂。她感觉到自己的手指已经紧紧捏住了伞柄。她这辈子还没有这么鄙视和憎恨过一个人。

"可是伊蕾娜……伊蕾娜啊，"他支支吾吾地说，显然更加糊涂了，"我到底做了什么让你不高兴的事？……你一声不吭地离开了我……我没日没夜地等你回来……我整天都守在你家门前，就为了能和你说上那么一句话。"

"你整天都……哦，好的……原来还有你。"她觉得再发火已经无济于事。要是能往他脸上来一拳，那该多么畅快！可她再一次克制住了自己，恶心地瞥了他一眼，考虑着要不要把这些天来堆积的怒火一股脑儿喷到他脸上，不过，最后她只是转过身去，看都不看他一眼就再次冲进人海中。他一只手还恳求般地伸着，一动不动地站在原地，直到人潮也席卷了他，他就像一片枯叶，在水流中漂浮着，打着旋儿，最终还是放弃了挣扎，被大浪冲走。

仿佛要故意击碎她的白日梦那样，第二天就来了一张便条。她的恐惧像一匹疲倦不堪的马，这张便条就像鞭子一样狠狠抽在它身上，使它再度狂飙。这次，那女人要两百克朗，伊蕾娜马上就给了，想都没想过反抗。勒索的逐步升级让她恐惧，她觉得自己经济上很快就撑不住了，尽管出身富庶人家，要不被人察觉地筹到大笔钱财也是不可能的事。就算能筹到又怎样？她知道，那女人明天就会要四百克朗，之后就会是一千、两千，甚至更多，等到她再也拿不出钱的那天，来的就是一封告发她的匿名信，这场婚姻也就到了头。她现在用钱买的只是时间，只是两三天或者一周喘息的空当，这段高价买来的时间却充满了折磨与焦虑，因此毫无价值。她读不进书，做不了事，被恶魔般的恐惧日追夜赶。她觉得自己病了。有时心突然跳得那么快，她得赶紧找地方坐下，不安的重负就像某种浓稠的浆液注满她全身，使她精疲力竭、痛苦不已，可哪怕再累也睡不着。在别人面前，她还得强颜欢笑，绝不能让他们察觉自己的快乐是花九牛二虎之力装出来的——她仅有的精力都用来应付琐事了，多么可歌可泣，然而这些毫无意义的事说到底只是一种自我强暴而已。

她觉得，身边只有一个人看穿了自己可怕的内心世界，那就是时刻在打量她的丈夫。为了守住秘密，她加倍地警觉起来，他与她之间的互相窥探因而成了一场旷日持久的拉锯战。他们整天绕着彼此转来转去，就为了看穿对方的秘密，同时不泄露自己的秘密。这些天里，丈夫也变了个人似的。之前的他就像宗教裁判所的审判官那样严厉无情，最近却变得和和气气、忧心忡忡，不禁使她想起他们的新婚时光。他对待她就像对待一个病号，无微不至得让她不解。他不时地对她说些宽慰的话，她心中涌上一股奇怪的感觉，然后便理解了他的苦心，知道他是想诱导自己坦白一切。伊蕾娜虽然对此很是感激，可是内心却更加耻于向丈夫坦白；羞耻随着对丈夫的好感的萌生暗暗滋长，结果比怀疑更令她开不了口。

有一天，他面对面，毫不掩饰地跟她提到了这件事。当时她正从外面回来，听到前厅里传来一阵哄闹，那是她丈夫严厉的训话声，家庭女教师吵吵嚷嚷的声音，还有不时传来的哭诉与啜泣。她的第一感觉是惊恐。每当她听到家里有谁激动地高声说话，心里就会吓得发抖，恐惧是她应付非正常情况的第一感觉，她焦灼地预感到，那封告发信已经来了，秘密已经败露。每次她进门都要充满疑虑地看一遍所有人的脸色，自问外出期间是不是发生了什么，灾难是不是已经降临。

令人安慰的是，这次只是两个孩子在吵架而已，丈夫在做临时家庭裁判。几天前，一位婶婶送了哥哥一只彩色的小马当玩具，妹妹因而生气不已，因为她拿到的礼物没有哥哥的好。她吵嚷着说不公平不公平，说着就要伸手去抓小马，哥哥于是禁止她碰自己的玩具。她听了先是大发脾气，然后就一声不吭，生着闷气，眼里恨恨的。第二天，小马不翼而飞，大伙儿找了半天，最后才在壁炉里找到了已经被肢解的小马：组成身体的木块被砸得稀烂，彩色的鬃毛被连根拔起，还被开膛破肚。妹妹毫无疑问地成了第一嫌疑人；哥哥大哭着向父亲奔去，控诉妹妹的暴行，庭审于是拉开了帷幕。

审判很快就尘埃落定。妹妹先是害怕地垂下双眼否认一切，然而颤抖不已的声音早就出卖了她。家庭教师作证是妹妹干的好事；她说当时听见妹妹用她那小女孩特有的愤怒方式威胁说要把小马从窗户扔出去，妹妹却拼命说不是她。现场顿时混乱起来，绝望的抽噎此起彼伏。伊蕾娜只是定定地盯着丈夫看，她感到丈夫要审判的仿佛不是小女儿，而是她自己的命运，因为很有可能明天一早这样瑟瑟发抖、语无伦次地站在他面前的就是她自己。丈夫一开始态度强硬，只要那孩子还在撒谎，他就逐字逐句地将其戳破，解除她的武装，而且每次反击的时候都保持着冷静。然后，当女孩的否认逐渐无力时，他突然变得和蔼可亲，反过来宽慰她说，她这样做也无可厚非，并提前原谅了她，说她只是一时冲动做了傻事而已，她当时只是没有考虑过自己的行为可能会伤害到哥哥。他把原谅的理由说得那么头头是道，那么温暖人心，那么感人至深，女孩听后越来越动摇，开始相信自己的行为虽然值得谴责，可是情有可原，最终她放弃了反抗，眼噙泪水，放声大哭起来。接着，泪流满面的她支支吾吾地承认了这件事是自己做的。

伊蕾娜想上前拥抱号啕大哭的女儿，可是她赌气地将她一把推开。丈夫责备伊蕾娜说，这事不能就这样算了，他要给女儿犯的错来点惩罚。于是他作了一个虽然很轻，对女儿来说却相当残酷的判决：她几个星期以来就盼着参加一个活动，现在因为犯了错，明天的活动没有她的份儿。听到这个判决，小姑娘又放声大哭起来；哥哥听后高兴得手舞足蹈，可是父亲马上宣判说他也不能参加这个儿童庆典，因为他居然对妹妹的痛苦幸灾乐祸，没等父亲的话说完便开始冷嘲热讽。最终，两个心碎的孩子只能一声不吭地走了，在共同的惩罚中找到某种安慰，毕竟现在公平了。房间里此时只剩下丈夫和伊蕾娜两个人。

伊蕾娜感到，机会终于来了，现在正好可以用孩子的罪过与坦白打掩护，看看他是什么态度。如果丈夫好意地接受了她为女儿所做的辩护，那她就敢向他坦白自己的事了。

"弗里茨，你说，"她开始说道，"你真的打算不让孩子们参加明天的活动吗？他们会玩得很开心的，尤其是妹妹。她犯的错其实也没什么大不了的。为什么她要受到这么严厉的惩罚呢？她毕竟是你女儿，你这样做心不会痛吗？"

他看了她一眼。

"你问我我的心会不会痛，那我要说，今天可不会。其实，她受到惩罚之后，心里反而好受了。昨天，她把那只可怜的小马砸得稀巴烂之后扔进炉子里，大家在家里找来找去猜来猜去的时候她才是最不幸的，因为她不停地害怕被别人发现自己的罪行。恐惧比惩罚更折磨人，毕竟，惩罚怎么说也是确定的、明明白白的东西，而恐惧则让人不确定，让人心惊胆战、坐立不安。只要犯罪者接受了惩罚，他的心里就会好受一点。她号啕大哭的时候，你不要理解错了，这是放下心头大石之后爽快的哭泣。之前她犯的错就像肉中刺一样让她隐隐作痛。哭出来总比憋着难受好。"

她抬头看他。她觉得他刚才说的每一句话都在针对自己。不过他好像没留意到她的反应，自顾自往下说道：

"事情真的是这样，你要相信我。我办过的案，参加过的庭审，都告诉我这样一个道理。最让被告痛苦的是隐瞒实情，他被一种可怕的压力驱使着，要对抗所有大大小小的攻击，只为了不让谎言被识破。那些被告痛苦得瑟瑟发抖，因为人们要千方百计地让他们说出'是'字，仿佛在用鱼钩从他们的肉里扯出什么秘密，这一幕真叫人寒心。有时，真话已经到了嘴边，身体内部已经有一股不可抗拒的推力想把它推出去，他们不想噎死的话就得坦白，可是，就在这时，一股邪恶的力量突然袭来，那是种令人不解的恐惧与执拗，在一番挣扎之后他们最后还是把坦白的话吞了回去。这样的自我斗争周而复始。遇到这样的被告，法官有时比他们自己更受折磨。可是他们偏要把法官看成是自己的敌人，虽然法官实际上只是想帮他们罢了。作为辩护律师，我本该劝我的被告们守口如瓶，要劝他们守住最后的谎言，然而我自己心里面对此总是有顾虑，因为他们在不想招供的情况下所受的苦远远大于招供后受到的惩罚。我始终不能理解，他们能冒险忍受这样的恐惧，却没有供认不讳的勇气。我觉得，对坦白真相的恐惧比世界上任何一种犯罪都要可悲。"

"你以为……你以为真的只是……只是恐惧在作祟吗……他们真的只是因为害怕而不想坦白吗？有没有可能……有没有可能是因为羞耻呢……承认真相的羞耻之心……就像在别人面前脱得精光那样？"

他惊诧地抬头望她。他不习惯妻子对他的理论提出自己的见解。不过她说的话让他觉得很有意思。

"你说羞耻吗……这……这不过是恐惧的一种变体罢了……不过总比恐惧要好……羞耻心所害怕的并不是事后的惩罚，而是……好的，我明白你的意思了……"

他站起身来，异常激动地踱来踱去。这样一个想法仿佛击中了他脑海中的什么东西，现在猛地惊起，风暴一般飘来荡去。突然，他站住了。

"我承认……在人们面前，在陌生人面前感到的羞耻……在乌合之众的面前感到羞耻……他们只会把报纸上写的别人的人生当作黄油面包一样啃掉……不过，换句话说，可以向自己亲近的人坦白的，不是吗？"

"或许，"她说话的时候得掉过头去，因为他是这样直勾勾地看着她，而且感觉到了她声音里的颤抖，"或许……面对着自己最亲近的人……才最感到羞耻……"

他再次站住，就像被内心的风暴紧紧攫住了。

"你的意思是……你是指……"突然，他的声音变了，变得温柔、深沉，"你是指……如果是对某个不太亲近的人……比如说那个家庭教师……海伦娜可能会更容易坦白？"

"我确信是这样……她在你面前万般不愿意说真话……只是因为……因为你的裁决对她来说最为重要……因为……因为……她最爱的人是你呐……"

他再一次站定。

"你说的……你说的或许在理……嗯，肯定在理……不过真是太奇怪了……我居然从未想到这一点。不过你说得对，我不希望你认为，我不愿意去原谅……我不想你误解我……我并不是那种拒绝原谅的人……恰恰是对你，伊蕾娜，我不想造成这样的误会……"

他目不转睛地看着她，她觉得自己在他的目光下脸红了。他是故意这么说的吗，抑或这只是偶然，一次险恶的、危险的偶然事件？那可怕的犹豫之心始终未离她而去。

"我决定了，"此刻，他好像豁然开朗，"就让海伦娜去吧，我去跟她说。这样一个结局，你还满意吗？或者你还有别的……别的愿望？你看……你看……我今天心情真不错……或许因为我及时意识到了自己所作的一个不公平的决定，我很高兴。这样做总会让人松一口气，伊蕾娜……"

她觉得自己听懂了他的言外之意。她不由自主地朝他走近了一点，她感到话已经到嘴边了，他也向前走了一步，仿佛要匆匆伸出双手，为她要坦白的话接生。突然，他眼神里的一道光，一道急不可耐要钓出真话的贪婪的光，猛地击中了她，她坦白的勇气瞬间全线崩溃。她无力地垂下双手，转过头去。没用的，她想。那句话在心里灼烧着她，剥夺了她所有的安宁，可是也能还她自由，只是她永远也不会说出口的。警告就像远处的雷声一样滚滚而来，她知道自己注定逃不掉这场暴风雨。她心里暗暗希望着，那道她一直害怕的、能让她解脱的闪电可以快点划破天际：她希望秘密自己败露。

这个愿望比她预想中实现得更快。这场斗争已经持续了十四天，伊蕾娜觉得自己的力量快要到极限了。那个女人已经四天没找上门来，可是她对她的恐惧仿佛已经植入身体，溶于血肉，以至于每次门铃响的时候她都一下子冲过去，赶在送信的用人之前，及时截下可能是那个勒索者留给她的信息。每次付钱之后她都能轻松一晚上，换来几个小时无忧无虑的时光，和孩子们在一起，或者出去散散步。

又是一阵门铃声，伊蕾娜从房间冲到门口；开门时，她第一眼看到的是一位不认识的贵夫人，然而她很快就吓得后退了两步，这不是别人，正是那个勒索者，她一下子就认出了她可憎的面孔，哪怕她今天衣着焕然一新，还戴了一顶优雅的礼帽。

"哎呀，这回是您本人呢，瓦格纳夫人，见到您真高兴。我有要事和您商量。"还没等吓得六神无主的伊蕾娜答话，女人就推开了她搭在门把上的手，径直进了屋，收起阳伞。这是一把色彩艳丽的红色阳伞，分明就是她用勒索来的钱买的战利品。那女人一举一动都泰然自若得可怕，仿佛这里是她自己的家，她心满意足、无忧无虑地打量着屋子里华丽的装潢，问都没问就穿过半开的门直接进了会客室。"就从这进屋，对吗？"她问道，声音里带着讥讽。被吓得失去语言能力的伊蕾娜想阻止她往前走，女人只是淡淡地说了一句："如果您不欢迎，我们就在这里完事吧。"

伊蕾娜只好跟着她走进会客室。一想到那个勒索者居然胆大包天地进了自己的屋，伊蕾娜的头脑就一片空白，女人的放肆超过了她最可怕的想象，伊蕾娜觉得这一切像是个噩梦。

"您家真美呢，美极了！"女人带着肉眼可见的惬意坐了下来，"啊，这沙发坐着也太舒服了。还有这些画儿。和您家一比才知道，我们这种人活得是多么寒酸。您家真气派，真美，太美了，瓦格纳夫人。"

看到那个勒索者在自己家里这么快活，一股怒火终于席卷了受尽折磨的伊蕾娜。"你这个敲诈勒索的女人，你到底想要什么！你跟踪我来到我的家，可我是不会任你宰割的！我要……"

"您别这么大声嘛，"对方突然用一种假惺惺的、侮辱人的亲密语气打断她的话，"门还开着呢，用人们分分钟都会听到您说的话。我倒是无所谓。我会全盘招供的，老天，坐牢不一定就比我们这种人现在过的脏日子要差。不过您呐，瓦格纳夫人，您倒是要小心点。如果您现在想发脾气，那我就把门关上，您慢慢发。只是我想告诉您，您再怎么骂，我也不会有一丁点的在乎。"

面对着这人岿然不动的神态，伊蕾娜刚刚在愤怒中筑起的勇气一下子就崩塌了。她不安地、几乎是卑躬屈膝地站在那儿，就像等着别人给他派任务的小孩子。

"是这样的，瓦格纳夫人，我废话不多说。您也知道，我日子过得很糟糕。我之前已经跟您提过。我现在欠着房租。欠了很久很久了，而且还有很多债没还清。我不想再这样纠缠下去了，所以今天来找您帮忙——喏，您给我四百克朗就成。"

"我没钱。"伊蕾娜结结巴巴地说，她对这个数目感到震惊，而且现在她手头上的确也没有那么多现金。"我现在手上没有那么多钱。这个月我已经给了您三百，我还能从哪儿拿更多的钱啊？"

"这样啊，不过，总会有办法的，您再好好想想。像您这样的有钱人，应该是想花多少，就有多少。只要您想花。瓦格纳夫人，请您再想想，这么点钱肯定难不倒您。"

"可我是真的没有。我愿意给您这笔钱。可是现在手上真的没有那么多。我可以给您一部分……或者先给一百克朗……"

"我跟您说了，我，要的是，四百克朗。"仿佛是被伊蕾娜刚刚的话刺激到了，女人突然厉声说道。

"可我真的没有。"伊蕾娜绝望得大叫起来。她心想，如果这时候她丈夫进来了，那该怎么办，他随时都有可能进来。"我向您发誓，我现在没有那么多钱。"

"那您就去筹呀，向别人借。"

"我做不到。"

女人居高临下地看着她，仿佛在审核她说的话是不是真的。

"您看……比如说您手上那枚戒指……如果拿去当，钱马上就到手了。当然，我对珠宝首饰之类的不太了解……因为我自己从来就没戴过什么首饰……不过我想，区区四百克朗，怎么也能拿到的……"

"这枚戒指！"伊蕾娜惊呼起来。这是她的订婚戒指，是她唯一一枚从未摘下过的戒指，而且上面镶了一块漂亮又名贵的宝石，这使它价值连城。

"哎呀，有何不可呢？我当了之后把收据给您，您想什么时候赎回就什么时候赎。它还是会回到您手上的。我拿着它没用。我这么个穷人，要这枚名贵的戒指干吗？"

"可您为什么要跟踪我？为什么一而再再而三地折磨我？不行……我不能把它给您。您要理解我……您看，一直以来，您想要什么，我就给什么。请您体谅下我的心情。请您可怜可怜我！"

"可又有谁可怜过我？人们只会看着我饿死街头。我为什么要同情您这个有钱人？"

伊蕾娜本来想狠狠地驳斥她。然而——她的血液凝固了——她听到有扇门关上的声音。肯定是她丈夫，他刚刚下班回来。她想也不想就把戒指从手上猛地摘了下来，把它塞到那个等待着的女人手里。后者马上把它收了起来。

"您别害怕，我现在就走。"女人点点头，看到伊蕾娜被门口传来的男人的脚步声吓了一跳，此刻正屏息静气地听着那边传来的一举一动的声音，她就高兴得不能自已。她打开门，对迎面走来的伊蕾娜的丈夫打了个招呼，然后就出了门。丈夫抬头看了她一眼，好像对她的出现不怎么在乎。

"那位夫人是来咨询我一些事的。"门刚关上，伊蕾娜便用尽最后一点力气解释道。最艰难的时刻已经挺过去了。丈夫听了没说什么，冷冷地走进饭厅，午餐已经准备好了。

伊蕾娜觉得，手指上平日里戴着戒指的那个冰冰凉凉的位置，现在仿佛烧了起来，就好像每个人都能在这光光的指节上看到她罪行的烙印。吃饭时，她试着遮掩手上的那个位置，可是这样做的时候，一种莫名的不安就强烈地嘲讽着她，丈夫的目光不时落在她手上，跟踪着它的一举一动。伊蕾娜千方百计地要转移他的注意力，提了一大堆问题，就想找点话说。她东拉西扯，说到孩子，说到家庭教师，每次都想用小小的火苗点燃一次对话，可每次都紧张得喘不过气来，最后什么也没说成。她装作很快活的样子，逗两个孩子玩，在他们之间煽风点火，可他们今天既吵不起来也笑不出来。她感到，自己的好心情可能演得太假了，让身边的人都觉得奇怪。她越是急着聊天，就越是聊不起来。最后，她放弃了，精疲力竭，不再出声。

其他人也都一声不吭，她只听见刀叉碗碟的声音，还有自己心里的恐惧汩汩流出的声音。突然，丈夫问她："你今天怎么没戴戒指？"

她吓得面色惨白，心里一个声音在大叫：完了！然而，抗争的本能还在。她想，尽全力，我这次要尽全力。

只要再说一句话，一个词。只要再撒一个谎，最后一次。

"我……我把它送去洗了。"

她自己也被这谎话吓了一跳，于是赶紧信誓旦旦地补充道："后天我就去取回来。"后天。现在有个准儿了。她给自己下了最后通牒，在混乱不堪的恐惧中，她突然有了一种全新的感觉，没想到做决定的日子这么快就到了，她几乎感到幸福。她身体里，一种新的力量正在潜滋暗长，那是让她继续生存下去的力量，也是夺走她生命的力量。

第二天早上，她把所有的信都烧了，料理了一下各种家头细务，不过只要有可能，她就避开孩子们，避开自己所爱的一切。现在，她只希望能好好地过日子，只想紧紧地拥抱生活中所有的欲望与执念，哪怕徒劳无功，她也要推迟做出决定的时刻，好让它来的时候更沉重，更不可改变。然后她走到了大街上，最后一次挑战自己的命运，准备着，甚至渴望着遇上那个女人。她步履不停地顺着大街走下去，此时已经没有了之前的紧张与焦虑。在她心里，有种东西已经疲于斗争，她就像履行义务一样在外面逛了两小时。哪里都没有那个人的影子。然而失望已经不能再伤害她。现在她几乎希望不要再遇见那个勒索者，因为自己是那么倦怠。她目不转睛地看着过往行人的面孔，他们对她而言是那么陌生，仿佛已经不再活在她的世界。一切都已经离她而去，遥不可及，不再属于她。

她数着钟点，直到夜幕降临。她吃惊地发现到明早只剩下那么几小时，原来告别只需要那么短暂的时间。知道自己什么也带不走，身边的一切顿时分文不值。类似睡意的东西席卷了她。她机械地走到大街上，漫无目的，既不前思后想，也不左顾右盼。在一个十字路口，一辆马车险些就撞到了她，马车夫在最后一瞬间勒住了马，车辕刚好在伊蕾娜跟前刹住。车夫骂骂咧咧，她连看都没看他一眼。如果真的撞死了，那倒是个救赎，如果撞不死，她做决定的时刻又会无限延长。这意外本来可以免掉她做决定的痛苦。她筋疲力尽地往前走，什么也不想的感觉真好，心里只是隐约地感觉到，马上就要了结了，仿佛一层云雾落下，掩盖了大地上所有的痕迹。

她不经意地抬头一望，吃惊地看到了某条大街的名字：在漫无目的的游荡中她居然来到了老情人的家门前。这是什么预兆吗？他或许能帮她一把，毕竟他肯定知道那个女人的住址。伊蕾娜高兴得浑身颤抖。为什么这么简单的解决办法，她之前就没有想到呢？情人完全可以和自己一道去找那个女人，面对面做个了断。他会强迫她停止这场勒索，又或者她可以用一笔钱打发她，让她从这个城市消失。事后她才对自己当时这么恶劣地对待这个年轻人感到愧疚，不过她确信他还是会出手相助的。太奇怪了，直到现在，直到最后关头，她才想到了拯救自己的办法。

伊蕾娜匆匆走上楼梯，按响了门铃。没人来开门。她屏息静听：好像门后正有脚步声赶来。她再摁了一次。还是没有人回应。可是从里面传来了一阵窸窸窣窣的声音。她的耐心到头了，她一次又一次地按门铃，毕竟这可是关乎她性命的大事啊。

终于，门后传来了响声，锁咔嗒一下开了，门开了一道小缝。"是我。"她急忙说。

他吓了一跳，马上就开了门。"是你……是您……尊敬的夫人，"他结结巴巴地说，看起来很尴尬，"我……我正在……对不起……我没想到是您……我没想到您还会来见我……很抱歉我穿成这个样儿。"他说罢指了指自己的衣袖。他的衬衫扣子只扣了一半，而且没戴领子。

"我有急事找您……您要帮帮我，"她焦虑不安地说，因为他还不让她进门，仿佛她是个要饭的，"请您让我进去听我说，就一分钟。"她激动地补上一句。

"请原谅，"他支支吾吾，满脸尴尬，不敢直视她，"我现在……我现在不方便……"

"请您听我解释。一切都是因您而起，所以您有责任帮我……您必须想办法帮我把戒指赎回来，您必须。或者您至少告诉我她的住址……她一直在跟踪我，现在不知道人在哪里……您要帮我，听到了吗？您要帮帮我。"

他瞪大眼睛看着她。她现在才发现，自己刚刚语无伦次地把所有东西都说了出来。

"是这样……您有所不知……您的情人，我说的是您以前的情人，她有一晚看着我从您房间里出来，然后就一直跟着我，对我敲诈勒索……她快把我折磨死了……现在她还把我的订婚戒指给抢了去，而我必须拿回来。今晚，最迟今晚，我要拿回来，我跟他说好的，今晚……您不想把我从这个女人手上救出来吗？"

"可是……可我……"

"您想还是不想？"

"可我根本就不知道您说的是谁。我从来没和任何一个敲诈勒索的人有过恋爱关系。"他说这话的语气近乎粗鲁。

"好吧……也就是说，您不认识她。她只是凭空捏造的。可是她知道您的名字，也知道我的住址。可能她压根儿就没在敲诈勒索。可能我只是在做梦。"

她突然放声大笑。他感到很不自在。他脑海里闪过一个念头，这个女人可能疯了，她的眼睛闪着不正常的光。

她的行为举止疯疯癫癫，说话语无伦次。他惊恐地看了她一眼。

"请您冷静一下……尊敬的夫人……我向您保证，您搞错了点什么。这一切根本不可能发生，这肯定只是您……不，我也不晓得到底发生了什么。我不认识您说的那种女人……我保证，肯定是有什么误会……"

"您不想帮我，对不对？"

"不是这个意思……可是我也得帮得上才行呀……"

"那……那您跟我来。我们一起去她家……"

"去谁家……去谁家啊？"她一把抓住他手臂的时候，他心中再度涌起一股恐惧，眼前这个女人真的疯了。

"去找她……您去还是不去？"

"我去我去……我去……"他此刻几乎已经确信她精神错乱了，看看她拉扯着他的样子，那股贪婪和急迫的劲儿，"我去……我去……"

"那您倒是跟我来呀……这关乎我的生死！"

他把心一横，控制着自己不要笑出声来，然后一下子变得客套起来：

"请原谅，尊敬的夫人……不过我现在真的脱不了身……我在给学生上钢琴课……我不能就这样一走了之……"

"是吗……是吗……"她对着他的脸尖声大笑起来，

"所以……您就穿着这身破烂……去给别人上钢琴课……别骗人了。"突然，伊蕾娜好像想到了什么，不顾阻拦往屋里走去。"原来她躲在屋里呢，那个敲诈的女人就躲在您床上，对不对？您两位是在唱双簧，对吧？我知道了，每次她敲诈完我之后，就来跟您分享情报。可我现在再也不怕啦，我今天无论如何要逮住她。"她声嘶力竭地大叫起来。他紧紧拉住她不放手，可她猛地与他搏斗起来，一把甩开他，向卧室冲去。

一个分明是在门后偷听的人影闪了回去。伊蕾娜惊愕地见到一个衣冠不整的陌生女人，后者猛地把脸转了过去。情人冲上前来，拉住他以为已经疯了的伊蕾娜，害怕她做出什么傻事，可伊蕾娜已经从房里退了出来。"原谅我。"她喃喃地说。她的脑子里乱成一团。她完全不明白到底发生了什么事，只感觉到恶心，一股无穷无尽的恶心与倦怠。

"请原谅。"她又说了一遍，回头看了情人一眼，他正惴惴不安地目送着自己走到门外。"明天……明天您就会知道发生了什么事……其实，我……我自己也不知道到底发生了什么。"她对他说，仿佛他是个陌生人。她再也想不起自己曾经属于眼前的这个男人，再也感觉不到自己的身体。事情比之前更加混乱了，她只知道，有人骗了她。然而她太累了，再也没有力气去思考，也没有力气去左顾右盼。她闭着双眼走下楼梯，就像一个走向断头台的犯人。

外面天已经黑了。她心里闪过一个念头，或许，那个要将她处斩的女人已经等在外头了，或许，在最后关头她的救赎才会到来。她想，自己或许应该双手合十，向一个已被遗忘的神祷告。噢，如果还能从那个刽子手那里买几个月的生命该多好，要是还能再活几个月，夏天就会到来，她可以无忧无虑地活着，在草地和原野之间，在那个女人去不了的地方，只要再活一个夏天就好。

她充满渴望地窥探着已经阴暗下来的街道。那边，在某个房门那儿，她觉得好像有人在监视她，可一走近，那个人影就在走廊的深处消失了。有那么一瞬间她觉得，这个人影与她丈夫有几分相似。她今天第二次感到了这样的恐惧，那就是怕在街上突然遇到他和他的目光。她犹豫了一下，想确认那个人是不是她的丈夫，可他已经消失在暗影中。她惴惴不安地继续往前走，脖子紧绷，火辣辣地作痛，仿佛后面有什么人的目光把它点燃了。她再一次回过头去，然而大街上一个人都没有。

药店快到了。她微微颤抖着走了进去。助理药剂师接过处方，给她取药。在这短暂的一分钟里，药房里的一切跃入眼帘：锃亮的药秤，小巧的砝码，细细的标签，还有柜子里那一排排贴着陌生的拉丁语名字的药剂。伊蕾娜盯着看的时候不由自主地拼着上面的单词。她听见挂钟滴答作响，闻到那种药房里特有的甜腻的气味，突然回想起自己小时候总是求母亲让自己去买药，因为她爱药房里的味道，更爱看那些式样奇特、闪闪发亮的坩埚。这时她才想起自己还没来得及跟母亲好好道别，她对此感到万分遗憾与抱歉。她听见我的消息后，该会多么心痛啊，伊蕾娜惊恐地想道。不过药剂师已经从一个圆肚容器里把透明的药剂放进一个蓝色的小瓶子里了。她呆滞地看着这一幕，看着死亡如何从大瓶滴入小瓶，而且很快就会进入她的血液。想到这里，她全身泛起一阵寒战。仿佛被催眠了那样，她面无表情地看着药剂师的手指如何用木塞把装满了药剂的小瓶子塞上，然后在外面包了一张纸。她的所有感官都麻痹了，被脑海里可怕的念头紧紧攫住。

"请您付两克朗。"药剂师说。她这时才如梦初醒，惊诧地看着四周。她机械地从包里掏出钱。一切就像在做梦，她抓出一把硬币呆呆地看着，好像一时认不出它们是什么，在数钱的时候犹豫不定，好像已经无法控制自己的意志。

这时，她突然感到自己的手臂被什么人推开，听到硬币叮铃作响地落到一个玻璃碗里，一只手从她身边探过来，一把抓住了药瓶。

她下意识地转过头去。她的目光凝固了。这不是别人，正是她的丈夫，他正站在她身旁，双唇抿得紧紧的。他脸色惨白，额头上渗出豆大的汗珠。

她觉得自己马上就要晕倒了，必须马上抓住桌子。她一下子就明白了，在门边偷听的人正是他；她心里已经暗暗地察觉到是他了，可在同一瞬间脑子又开始紊乱起来。

"我们走。"他喉咙哽咽着说。她呆呆地看着他，大脑一片空白，仿佛到了意识之外的某个遥远而黑暗的世界，以至于最后连反抗都忘了，只能跟在他的后面。她几乎意识不到自己在往前走。

他们肩并肩走在大街上，不看对方一眼。他手里一直紧握着那个瓶子。突然，他停了下来，用手背擦了擦汗湿的额头。她也不由自主地放慢了脚步。可是她不敢抬头看他。没有人开口说一句话，两人之间只有街上车辆的喧嚣。

在家门前的楼梯口，他让她先走。可是只要她自己一人往前走，步子就不听使唤地跟跄起来。她猛地站住，扶住楼梯扶手。这时他走了过来，牵住她的一只手臂。他碰到她身体的时候她吓了一跳，匆匆地顺着最后几级台阶往上走。

她进了屋。他一路跟着她。墙壁在黑暗中泛着微光，房间里的物品无法辨认。他们依旧没有说一个字。他把瓶子上的包装纸撕掉，打开瓶塞，把药水全部倒掉。然后他把瓶子猛地摔向墙壁。听到玻璃破碎的声音，她吓得浑身一抖。

　　他们久久地沉默着。她感觉到，他正在多么努力地控制自己的情绪，可是又不敢朝他看一眼。末了，他向她走来，越走越近。她已经能听到他粗重的呼吸声，看到他呆滞的、云遮雾罩的目光如何在漆黑的四壁之间闪着微光。她等着他怒火爆发的那一刻，当他的手生硬地一把抓住她的时候，她全身害怕得抖个不停。伊蕾娜的心跳停止了，只有神经还像紧绷的琴弦一样在颤动；她身上的一切都在等着他的训斥，那一刻她几乎渴望着他的怒火。然而丈夫依旧一声不吭，她吃惊地发现，他走过来的时候是那么温柔。"伊蕾娜，"他说，他的声音听起来温和得令人惊诧，"我们还要这样互相折磨多久呢？"

　　这时，她的胸膛抽搐着猛地爆发出一阵动物般的、毫无意义的叫喊，终于出来了，这郁积了几个星期的一而再再而三地压下去的泪水。身体里仿佛有只愤怒的大手捏住了她，狂暴地把她甩来甩去，她像个醉汉一样抽抽搭搭地哭着，要不是丈夫一把扶住，她会就地倒下去。

　　"伊蕾娜，"他安抚她，"伊蕾娜，伊蕾娜。"他越来越小声、越来越温柔地叫着她的名字，仿佛可以用这样的柔情蜜语抚平她抽搐不已、悲痛欲绝的神经。然而她还是没能说出一句话来，只是不住地抽泣着，狂野的啜泣就像痛苦的波浪，一波一波地冲刷着她的身体。他把她颤抖不已的身体抱到沙发上，在沙发前朝她俯下身来。可是她依然没有停止哭泣。她的身体就像被电流击中一样，在哭泣中抖个不停，恐惧与冰冷的余波在备受折磨的躯体上流淌飞溅。几个星期以来，那无法忍受的痛苦一直蜷缩在她心里，神经松开的一刹那，痛苦仿佛脱缰野马一样踏过她毫无知觉的身体。

他激动地扶起她颤抖不已的身体，握住她冰冷的双手，先是安抚般地轻吻，然后便疯狂地、带着恐惧与激情亲吻她的裙子、她的脖子，可是战栗依旧冲击着这具蜷缩的身体，啜泣的波浪翻腾着，终于摆脱了束缚，从身体内部汩汩流出。他摸了摸她冰冷的、被泪水湿透的面孔，按了按她两侧跳动不已的太阳穴。一种说不清的恐惧席卷了他。他跪下来，贴近她的脸，开口说道：

"伊蕾娜，"他不断地轻抚她的身体，"为什么你要哭呢……现在……现在什么都过去了……你为什么还要折磨自己……你不用再担惊受怕了……那个女人不会再来了……永远不会再来了……"

她的身子猛地一震，他用双手紧紧扶住她。他一边不停地亲吻她，一边结结巴巴地说着道歉的话：

"不会了……真的不会再来了……我向你发誓……我之前不知道你会害怕成这样……我当初只想提醒一下你……只想把你引回正途……只为了让你离开那个男人……永远不要再去找他……回到我们身边来……当时我无意中得知了你和他的事，我没有其他办法……我总不能当面跟你提这件事……我想……我想你总有一天会回来的……所以我就派了她过去，那个可怜的女人，希望她能让你离开他……她是个可怜人，一个女演员，刚刚被解雇……她本不愿意接这桩差事，可是我当初很坚持……我知道这样做对你很不公平……可是我想你回来……我一直跟你说，我随时准备着接你回家……我一直愿意原谅你，可是你总不明白……可我从没想过……我没想过要把你逼到现在这种地步……我在一边看着也很难受……我天天都跟着你……只为了我们的孩子，你要明白，我这么逼你是为了我们的孩子……不过现在一切都雨过天晴了……已经没事了……"

她听着他在她身边说出的话，它们仿佛来自无穷远的地方，而她始终无法理解。她心底里一股流泉正在翻涌，各种感觉汇成混沌的喧嚣，掩盖了一切，吹灭了所有的情感。她感觉到了皮肤上的亲吻与抚摸，感觉到了自己冰冷的眼泪，可是血液里依然嗡鸣不止，充满了一阵又一阵沉重的、震耳欲聋的巨响，这巨响暴烈地扩散开来，像有千百口铜钟在疯狂地回响，轰鸣不已。然后她失去了知觉。她在蒙蒙眬眬中感觉到，丈夫正帮她脱衣服，仿佛透过云雾一般看到他那温柔而忧虑的面孔。接着她就坠入了黑暗，坠入了久违的、漆黑无梦的睡眠。

翌日早晨她醒来的时候，天色已经大亮。她感觉到房间里明亮的光，她的血液就像雨后的天空，被暴风雨洗刷一新。她试着回想昨天发生的事，可一切都仿佛一场梦。她的感官模糊不清，仿佛在睡眠中飘浮着穿过了无数的空间，万事万物都是那么不真实，那么轻盈，那么自由。为了确认自己已经醒了，伊蕾娜试探地摸了摸自己的双手。

突然，她吓了一跳：在手指上她摸到了自己的戒指。她马上就清醒了过来。昨晚在半昏迷中听到的混乱不清的话语，还有某种阴暗的预感，此刻汇合成一个逻辑明晰的整体。她一下子就明白了整件事，丈夫提的那些问题，她情人的惊诧，所有的网孔都收拢成一张可怕的大网，而她就在网中。她感到一阵愤怒，一阵羞耻，她的神经又开始簌簌发抖，她几乎后悔自己醒了过来，毕竟，在睡着的时候，没有噩梦，也没有恐惧。

然后她听到了隔壁房间的笑声。孩子们已经醒了，正像啁啾的小鸟一般飞进晨光之中。她清楚地听出了儿子的声音，第一次吃惊地发现它和丈夫的声音是那么相似。她的双唇掠过一丝微笑，可是这微笑马上又消失无踪。她闭上双眼，躺在床上，为了更深入地享受她的人生和她的幸福。身体里面还有什么在隐隐作痛，可那是一种带着允诺的痛苦，虽然炽热，却像伤口一样，不久就会永远愈合。

斯蒂芬·茨威格与哥哥阿尔弗雷德·茨威格 约摄于 1900 年

（右是斯蒂芬·茨威格）

斯蒂芬·茨威格年表

1881 年 | 出生

11 月 28 日，斯蒂芬·茨威格出生于奥匈帝国维也纳。父亲莫里斯·茨威格是一位富足的犹太纺织企业家，母亲伊达·布雷特奥是犹太银行家的女儿。斯蒂芬还有一个哥哥，名叫阿尔弗雷德。

1900 年 | 19 岁

高中毕业后进入维也纳大学哲学系，但他很少去上课，而是为奥地利的《新自由报》文学专栏写文章。

△《银弦》德文版封面

1901 年 | 20 岁

第一部诗集《银弦》出版，于次年转入德国柏林大学。

1904 年 | 23 岁

完成博士论文《伊波利特·阿道尔夫·丹纳的哲学思想》。

第一部小说集《艾丽卡·埃瓦特的爱》在柏林出版。

1906 年 | 25 岁

第二部诗集《早年的花环》在莱比锡出版。

1907 年 | 26 岁

三幕诗剧《泰西特斯》在莱比锡出版。

1908 年 | 27 岁

将手抄本《泰西特斯》送给西格蒙德·弗洛伊德。弗洛伊德给他回信，从此，两人间保持了三十多年的信件来往。

△《早年的花环》初版封面

1910 年 ｜ 29 岁

传记小说《埃米尔·维尔哈伦》在莱比锡出版。

1911 年 ｜ 30 岁

中短篇小说集《初次经历：儿童国的四个故事》在莱比锡出版，收录《家庭女教师》《秘密燎人》《夜色朦胧》《夏日小故事》。

1912 年 ｜ 31 岁

访问美国，旅途中结识了许多作家和艺术家。戏剧《滨海之宅》在维也纳城堡剧院首演。

1913 年 ｜ 32 岁

独幕剧《变换的喜剧演员》在莱比锡出版。

1914 年 ｜ 33 岁

第一次世界大战爆发，入伍。

△ 维尔哈伦照片

1917 年 | 36 岁

服役期间休假，后离开军队，搬到中立国瑞士的苏黎世，任
《新自由报》的记者。

表现主义戏剧《耶利米》在莱比锡出版。

发表文章《回忆埃米尔·维尔哈伦》。

1919 年 | 38 岁

战争结束后回到奥地利，在边境巧遇
哈布斯堡王朝与奥匈帝国的末代皇帝
卡尔一世，茨威格在自传《昨日的世
界：一个欧洲人的回忆》中有关于这
段经历的描述。

戏剧《传奇人生》在莱比锡出版。

1920 年 | 39 岁

与弗里德丽克·玛利亚·冯·温
特尼茨结婚。

传记小说《三大师传：巴尔扎克、
狄更斯、陀思妥耶夫斯基》在莱
比锡出版。

中篇小说《重负》在莱比锡出版。

传记小说《罗曼·罗兰，其人和
作品》在法兰克福出版。

△ 茨威格第一任妻子弗里德丽克

1922 年 | 41 岁

中短篇小说集《马来狂人：关于激情的故事集》在莱比锡出
版，收录《马来狂人》《一个陌生女人的来信》等。

1923 年 | 42 岁

传记小说《法朗士·麦绥莱勒》在柏林出版。

1924 年 | 43 岁

《诗歌合集》在莱比锡出版。

△《恐惧》德文版封面

1925 年｜44 岁

发表随笔《世界的单调化》。

中篇小说《恐惧》在莱比锡出版。

传记小说《与恶魔的搏斗：荷尔德林、克莱斯特、尼采》在莱比锡出版。

1927 年｜46 岁

中篇小说《日内瓦湖畔插曲》在莱比锡出版。

发表《告别里尔克》。

中短篇小说集《情感的迷惘》在莱比锡出版，收录《一个女人一生中的二十四小时》。

《人类群星闪耀时》第 1 版在莱比锡出版，此版本仅包括五篇传记。

1928 年｜47 岁

访问苏联。在高尔基的帮助下，茨威格的作品得以在苏联出版。

传记小说《三位诗人的人生：卡萨诺瓦、司汤达、托尔斯泰》在莱比锡出版。

1929 年 ｜ 48 岁

发表传记小说《约瑟夫·富歇：一个政治家的肖像》。

三幕悲喜剧《穷人的羔羊》在莱比锡出版。

小说集《四篇小说》在莱比锡出版。

1931 年 ｜ 50 岁

传记《通过精神治疗：梅斯默、玛丽·贝克－艾迪、弗洛伊德》在莱比锡出版，茨威格将此书献给物理学家阿尔伯特·爱因斯坦。

1932 年 ｜ 51 岁

传记小说《西格蒙德·弗洛伊德》在巴黎出版。

传记小说《玛丽·安托瓦内特》在莱比锡出版。

1933 年 ｜ 52 岁

为理查德·施特劳斯创作歌剧《沉默的女人》的剧本。

△《玛丽·安托瓦内特》手稿

1934 年 | 53 岁

作为犹太人，茨威格的名声并未使他摆脱被迫害的危险。希特勒上台后，茨威格于 2 月 20 日离开奥地利，移民到英国伦敦。

传记小说《鹿特丹的伊拉斯谟：胜利和悲剧》在维也纳出版。

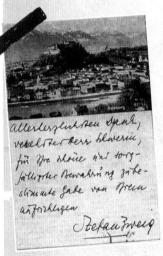

△ 茨威格亲笔签名的明信片

1935 年 | 54 岁

《沉默的女人》在德累斯顿首演，理查德·施特劳斯拒绝将茨威格的名字从节目中删除，公然违抗了纳粹政权。该歌剧在演出三场后被禁演。

传记小说《玛丽·斯图亚特》在维也纳出版。

1936 年 | 55 岁

《短篇小说集》上下册在维也纳出版。

专著《卡斯特里奥反对加尔文：良知反对暴力》在维也纳出版。

1937 年 | 56 岁

中篇小说《被埋葬的灯台》在维也纳出版。

随笔集《遇见人、书、城市》在维也纳出版。

与约瑟夫·格雷戈尔合作，为施特劳斯创作了另一部歌剧《达芙妮》的剧本。

1938 年 | 57 岁

传记小说《麦哲伦》在维也纳出版。

母亲去世。

11 月，与妻子弗里德丽克离婚，之后两人依旧保持紧密的书信往来。

《玛丽·安托瓦内特》被美国米高梅公司改编成电影。

△《心灵的焦灼》英文版封面

1939 年 | 58 岁

小说《心灵的焦灼》德文版在斯德哥尔摩与阿姆斯特丹出版。

夏末，与秘书洛特·阿特曼在英国巴斯结婚。

1940 年 | 59 岁

《人类群星闪耀时》的内容增加到十四篇。由于希特勒的军队向西迅速推进，茨威格夫妇离开伦敦，取道美国、阿根廷和巴拉圭到达巴西，在彼得罗波利斯定居。此时的茨威格已对欧洲局势和人类的未来深感悲观。

△《人类群星闪耀时》德文版封面

1941 年 | 60 岁

专著《巴西——未来之国》在斯德哥尔摩出版。

1942 年 | 61 岁

2 月，与妻子洛特在里约热内卢附近的彼得罗波利斯寓所内自杀。

中篇小说《象棋的故事》在布宜诺斯艾利斯出版。

自传《昨日的世界：一个欧洲人的回忆》出版。

△ 茨威格遗书

1948 年

茨威格的第一任妻子弗里德丽克的回忆作品《我认识的斯蒂芬·茨威格》在柏林出版。

《一个陌生女人的来信》被德国导演马克斯·奥菲尔斯拍成电影。

2002 年

巴西发行电影《失去茨威格》。

2014 年

美国和德国合拍的喜剧剧情片《布达佩斯大饭店》发行，此影片的灵感来自茨威格的四部作品：《变异的陶醉》《心灵的焦灼》《昨日的世界》和《一个女人一生中的二十四小时》。

2015 年

法国发行纪录片《斯蒂芬·茨威格：一位世界的欧洲人》。

2016 年

奥地利、德国和法国联合发行关于茨威格流亡生活的电影《黎明前》。

译者 | 杨植钧

德语译者、教师。上海外国语大学德语文学博士，德国柏林自由大学哲学系联合培养博士生。现任教于浙江科技学院中德学院。

长期从事德语教学及翻译工作，在奥地利现当代文学领域研究成果颇丰。

译作

2019　《奇梦人生》

2023　《象棋的故事：茨威格中短篇小说精选》(作家榜经典名著)

　　　《一个陌生女人的来信：茨威格中短篇小说精选》(作家榜经典名著)

　　　《一个女人一生中的二十四小时：茨威格中短篇小说精选》

　　　(作家榜经典名著)

作家榜®经典名著

★ ★ ★ ★ ★ ★ ★ ★ ★

读 经 典 名 著 ， 认 准 作 家 榜

　　作家榜，创立于 2006 年的知名文化品牌，致力于促进全民阅读，推广全球经典，连续 13 年发布作家富豪榜系列榜单，引发各大媒体关注华语作家，努力打造"中国文化界奥斯卡"。

　　旗下图书品牌"作家榜经典名著"系列，精选经典中的经典，凭借好译本、优品质、高颜值的精品经典图书，成为全网常年热销的国民阅读品牌，在新一代读者中享有盛誉。

经典就读作家榜
京东官方旗舰店

经典就读作家榜
天猫官方旗舰店

经典就读作家榜
当当官方旗舰店

经典就读作家榜
拼多多旗舰店

策　划 ｜ 作家榜®
出　品 ｜

出 品 人 ｜ 吴怀尧
总 编 辑 ｜ 周公度
产品经理 ｜ 桑云婷　刘梦依
美术编辑 ｜ 杨净净　陈　芮　王灿灿
内文插图 ｜ ［意］Beatrice Bandiera
封面设计 ｜ 赵梦婷
产品监制 ｜ 陈　俊
特约校对 ｜ 施继勇
特约印制 ｜ 朱　毓

版权所有 ｜ 大星文化
官方电话 ｜ 021-60839180

经典就读作家榜　　作家榜官方微博　　下载好芳法课堂
抖音扫码关注我　　经典好书免费送　　跟着王芳学知识

图书在版编目（CIP）数据

一个女人一生中的二十四小时：茨威格中短篇小说
精选 / (奥) 斯蒂芬·茨威格著；杨植钧译. -- 杭州：
浙江文艺出版社，2023.11
　（作家榜经典名著）
　ISBN 978-7-5339-7381-0

　Ⅰ.①一… Ⅱ.①斯… ②杨… Ⅲ.①中篇小说—小
说集—奥地利—现代②短篇小说—小说集—奥地利—现代
　Ⅳ.①I521.45

中国国家版本馆CIP数据核字（2023）第185758号

责任编辑：陈　园

一个女人一生中的二十四小时

❧ 茨威格中短篇小说精选 ❧

[奥] 斯蒂芬·茨威格 著　　杨植钧 译

全案策划

大星（上海）文化传媒有限公司

出版发行

浙江文艺出版社

杭州市体育场路347号　邮编 310006

浙江省新华书店集团有限公司 经销

浙江新华数码印务有限公司 印刷

2023年11月第1版　2023年11月第1次印刷

889毫米×1194毫米　32开本　8.375印张　8插页

印数：1—8000　字数：170千字

书号：ISBN 978-7-5339-7381-0

定价：39.90元